Feldhaus

Echt fertig!

Für Andrea P.

© privat

Hans-Jürgen Feldhaus (*1966) wuchs in Ahaus (Westf.) auf. Dort ging er auch zur Schule, wo man ihm Lesen, Schreiben und ein bisschen Rechnen beibrachte. *Projektwochen* gab es damals noch nicht. Leider! Aber *Protokolle* durfte er schreiben. Wenig später dann. Als er in die Anstalt kam.
... also in eine ***Litho***anstalt, wo er seine Lehre zum Lithographen machte – da durfte er Protokolle schreiben. Woche für Woche – drei wundervolle Jahre lang. Das hat dem Feldhaus schon extrem viel Spaß gemacht, weshalb er gleich nach der Lehre ... und Studium und so was – also *30 Jahre später* nur – noch ein freiwilliges Extraprotokoll mit Leidenschaft und ***echt*** viel Spaß hinterhergeschoben hat. *Dieses* hier!
Was der in Münster lebende Autor und Grafiker Feldhaus sonst noch treibt und schreibt, steht auch *fast* alles auf www.hjfeldhaus.de

Feldhaus

ECHT FERTIG!

Ein Comic-~~Roman~~ DRAMA!

Deutscher Taschenbuch Verlag

Von Feldhaus sind bei dtv junior außerdem lieferbar:

Echt abgefahren!

Echt krank!

Echt durchgeknallt!

Das gesamte lieferbare Programm von dtv junior
und viele weitere Informationen finden sich unter
www.dtvjunior.de

MIX
Papier aus verantwortungsvollen Quellen
FSC® C013736
FSC www.fsc.org

Originalausgabe
2. Auflage 2015

Umschlag- und Innengestaltung: Hans-Jürgen Feldhaus
Lektorat: Maria Rutenfranz
Gesetzt aus der Thesis, Schriftfamilie: TheSans
Satz: Hans-Jürgen Feldhaus
Druck und Bindung: Druckerei Kösel, Krugzell
Printed in Germany • ISBN 978-3-423-71594-2

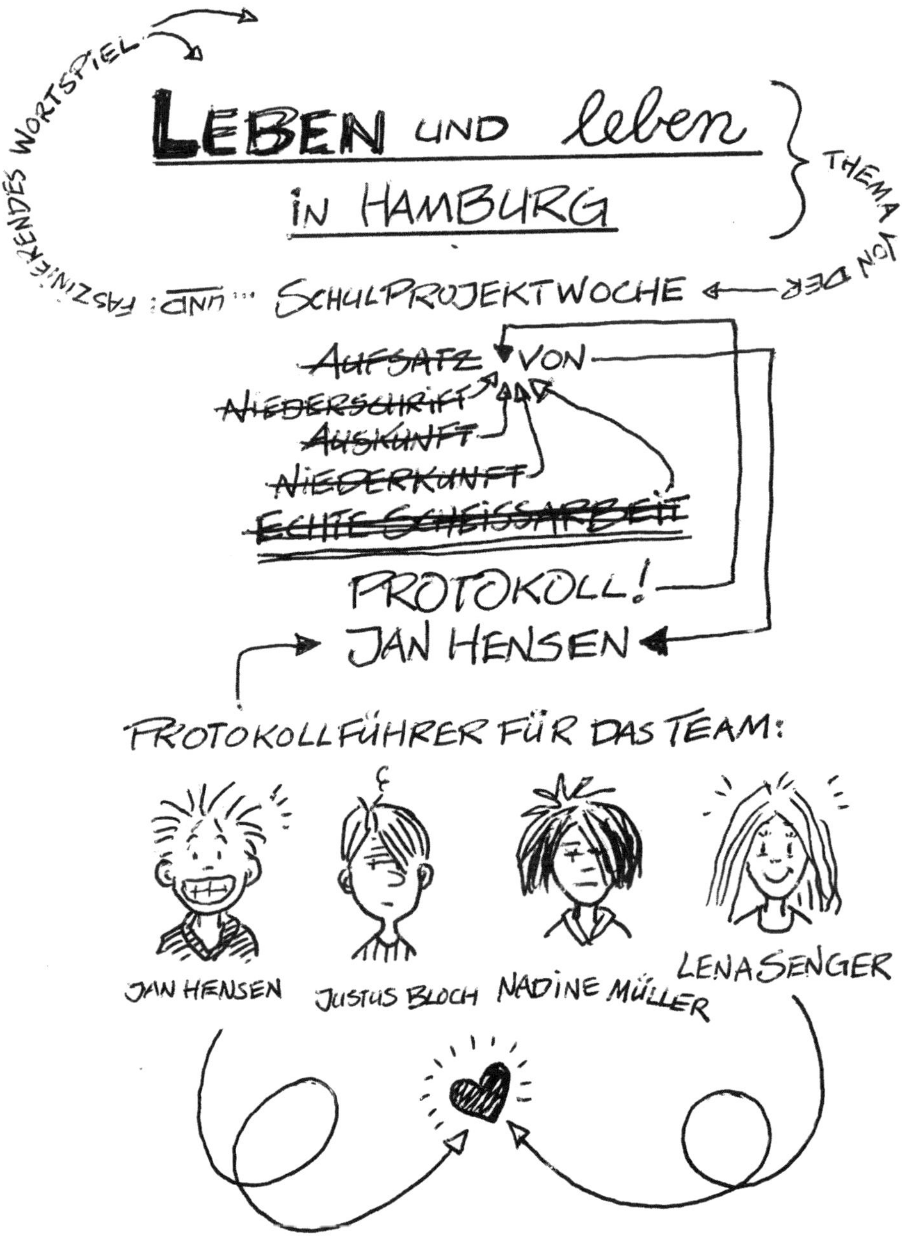
Faszinierendes Wortspiel
Leben und leben
in Hamburg
Thema von der
... und: Schulprojektwoche
Aufsatz
Niederschrift
Auskunft
Niederkunft
Echte Scheißarbeit
von
Protokoll!
Jan Hensen
Protokollführer für das Team:
Jan Hensen
Justus Bloch
Nadine Müller
Lena Senger

Protokolleintrag Nr. 1 – Freitag, 13:29 Uhr

Ab Montag beginnt die Projektwoche unserer Schule und das Thema dieser Projektwoche unserer Schule lautet *Leben und leben in Hamburg* und ich bin ein Projektwochenteam-protokollführer und …

… *dies* hier ist so ziemlich der bescheuertste erste Satz, den je ein Mensch seit Anbeginn der Zeitrechnung für ein Buch überhaupt geschrieben hat und …

…PUNKT!

… und nur mal so für den Fall, dass du dich tatsächlich bis zu dieser Seite dieses Buches durchgebissen hast: Das hier ist wirklich die totale Zeitverschwendung!

Das Ding ist, ich schreib diesen Müll sogar freiwillig! Für Lena! Lena Senger! Lena und ich sind jetzt zusammen. Also in einem Team jetzt! Erst mal nur. Aber später dann *richtig*. Lena und ich – ein Team! Für immer!

Das Leben ist schön!

… *das* ist mal ein Satz. *So* müssen Bücher anfangen! *Das Leben ist schön!* Da hat man doch gleich viel mehr Lust weiterzulesen.

Dass das Leben schön ist, weiß ich seit heute Morgen. Da kam Frau Kaulingfrecks mit einer komplett versteinerten Miene ins Klassenzimmer geschritten und verkündete sehr ernst: »Kinder! Ab Montag, Punkt acht, beginnt der 3. Weltkrieg! Wir werden alle sterben!«

Das hat sie natürlich nicht wirklich gesagt. Aber das, was sie wirklich gesagt hat, hat sie genauso locker gesagt wie beispielsweise eben ein NATO-Viersterne-General, der seinen Soldaten mal eben mitteilen muss, dass es nächste Woche ordentlich Stress mit irgendeiner Großmacht gibt und dass sie deshalb alle die Löffel abgeben werden.

Gesagt hat sie in Wirklichkeit: »Kinder! Am Montag, Punkt 8, geht's los. Die Projektwoche steht vor der Tür! Seid bereit!« Da wusste jeder: Die Lage ist ernst und Frau Kaulingfrecks nicht zu Scherzen aufgelegt. Weil: *Projektwoche!* Das bedeutet Chaos. Ausnahmezustand. Die Lahmlegung von Schulzeiten, Schulregeln. Praktisch gesehen: die Zerstörung des kompletten Schulsystems! – Ich bin mir eigentlich ziemlich sicher, dass Frau Kaulingfrecks das so sieht und ein paar andere Lehrer sehr wahrscheinlich auch.

Ich sehe das so, dass sämtliche Schüler einer Schule dazu gezwungen werden, eine Woche lang kreativ zu sein. Vorher wird ihnen noch ein unfassbar originelles Motto vor die Füße geworfen und dann heißt es: Mach mal! Saug dir was aus den Fingern! Sei kreativ! Eine Woche lang! ... du *Schüler*!

Im letzten Jahr hieß das unfassbar originelle Motto: *Zukunft macht Schule.* – Das war zwar genauso behämmert wie *Leben und **leben** in Hamburg*, aber immerhin konnte man sich da noch auf das Wort *Zukunft* stürzen. Und da haben dann auch alle Raumschiffe aus Pappmaché zusammengematscht oder Roboter aus Schrott zusammengekloppt, die eine Sache perfekt draufhatten: Umfallen, wenn man sie anguckt.

Innerhalb einer Woche wurde die komplette Schule mit dem Krempel zugehauen. Und am Ende sah die Schule aus wie eine Raumstation für echt schwererziehbare Alien-Kinder, die immer irgendwie mit Bastelarbeiten beschäftigt werden müssen, weil sie sich sonst immer gegenseitig die Köpfe abbeißen.

Ich wüsste ja gern, wer die *Projektwoche* erfunden hat. Also wer auf diesem Planeten zum allerersten Mal auf die wahnsinnig originelle Idee kam, Projektwochen an Schulen einzuführen.

... eine Kunstlehrerin vielleicht. So eine mit Holzkugelkette um den Hals und mit Doppelnamen auch noch. Frau *Müller-Thurgau* oder so ... was weiß ich. *Was* ich weiß, ist, dass Frau Müller-Thurgau heute aller Wahrscheinlichkeit nach in einem 23 Meter tiefen Erdloch in Afghanistan versteckt leben muss. Weil sie nicht vernünftig nachgedacht hat. Weil sie nicht auf dem Schirm hatte, dass es beispielsweise in Hamburg eine Klassenlehrerin einer 7a gibt, die Projektwochen leidenschaftlich hasst. – Frau Kaulingfrecks!

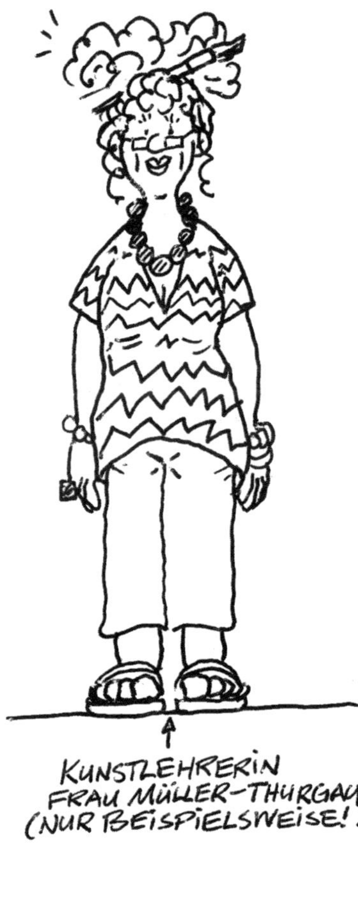

Weil wenn *die* wüsste, dass Frau Müller-Thurgau zurzeit in einem 23 Meter tiefen Erdloch in Afghanistan hockt, die würde auf der Stelle hinfahren. Mit einem Kipplaster, der voll beladen ist. Mit zusammengematschten Raumschiffen und Schrottrobotern, die super umfallen können. Und dann würde Frau Kaulingfrecks den Kipplaster direkt vor Frau Müller-Thurgaus Erdloch parken und den ganzen Krempel darin abladen ... zusammen mit ein paar echt schwererziehbaren Alien-Kindern, für den Fall, dass Frau Kaulingfrecks auf dem Weg nach Afghanistan welche gefunden haben würde.

»Kinder! Am Montag, Punkt 8, geht's los. Die Projektwoche steht vor der Tür! Seid bereit!«

Wirklich *jeder* wusste heute Morgen, dass die Lage ernst und Frau Kaulingfrecks nicht zu Scherzen aufgelegt ist! *Jeder!* ... außer Cemal! Der zeigt auf und haut gleichzeitig raus: **»ÄY – VOLL KRASS – ÄY, FRAU KAULINGLEISTE! WIE LANGE STEHT DA SCHON RUM, DER PROJEKTWOCH VOR TÜR? SOLL ISCH RAUSGEH'N UND SCHEISS PROJEKTWOCH SAG'N: »DU KUMMS HIER NISCH REIN, ÄY?! – SACK JA UND ISCH MACH!«**

Da brüllten dann alle vor Lachen, aber alle waren dann auch echt gespannt, welches Strafmaß Cemal diesmal von Frau Kaulingfrecks zu erwarten haben würde. Wäre ja schließlich nicht das erste Mal, dass Cemal mit seinen eingespielten Türsteher-Nummern unserer Vollblutdeutschlehrerin voll auf die Nerven geht.

Und echt erstaunlich war dann, dass Frau Kaulingfrecks einfach nur stöhnte: »Ach, Cemal! Heute so ***ganz*** besonders geistreich. – Teletubby gefrühstückt … ***oder was – äy***?!«

Da lag die Klasse dann komplett am Boden. Außer Cemal, versteht sich. Man darf die Kaulingfrecks einfach auch nicht unterschätzen. Das ist sein Problem, dass er's immer wieder tut.

Jedenfalls: Cemal schwieg und die übrige Klasse dann auch irgendwann wieder und Vier-Sterne-General Kaulingfrecks wiederholte ernst: »Projektwoche! Montag ist es wieder so weit. Und ihr wisst, was das heißt! Die Klassenverbände werden gesprengt und …«

»ÄY, WILL ISCH GESPRENGT WERDEN, ODER WAS, ÄY?! WILL ISCH GANZ KLAR NISCH, ÄY!«, ballerte Cemal dann wieder fröhlich los, gut erholt von dem letzten Gegentreffer.

»Cemal Yildirim! Noch *ein* Spruch und du gehst vor die Tür!«, warnte Frau Kaulingfrecks ihn jetzt.

»ÄY – GEHT NISCH, FRAU KAUGUMMI, DA STEHT SCHON SCHEISSPROJEKTWOCH RUM!«, nahm Cemal die Warnung nicht ernst und …

… dann wartete Frau Kaulingfrecks, bis Cemal die Klassentür von außen zumachte, und fuhr viersterne-generalmäßig ernst fort: »Projektwoche! Zu diesem Zwecke werden sämtliche Klassen unserer Schule aufgelöst. Überlegt euch gut, was ihr zu dem diesjährigen Motto dieser … ***kreativen Veranstaltung*** beitragen wollt. Besprecht euch auch mit den Schülern anderer Klassen. Bildet kleine Arbeitsteams.«

Und dann impfte sie uns noch ein, dass wir ***niemals*** vergessen sollten, dass dies eine Schule ist und kein Freizeitpark und ...

... und was Frau Kaulingfrecks uns sonst noch so alles eingeimpft hat, kann ich nun wirklich nicht mehr genau sagen, weil ab *Bildet kleine Arbeitsteams* habe ich eh nicht mehr ordentlich zugehört. Weil ab *Bildet kleine Arbeitsteams* konnte ich nur noch eins supersonnenklar denken: Das Leben ist schön! Oder wird es sein. Zusammen mit Lena Senger. Für eine Woche in einem Team. Und dann für immer! Ich und Lena. Lena und ich – ein Team!

Und jetzt gab es auch nur noch ein *klitzekleines* Problemchen: Lena Senger wusste noch nicht, dass das Leben schön sein wird.

Also sehr wahrscheinlich wusste sie es schon, aber was sie eben zu diesem Zeitpunkt noch nicht wusste: dass ich unbedingt in ihr Team wollte. Woher auch? Lena weiß praktisch gesehen nichts von mir. Außer meinen Namen vielleicht. Weil wir auch sehr wenig miteinander zu tun haben. Praktisch gesehen haben wir *gar nichts* miteinander zu tun. Bisher war das so. Aber das wird sich alles ändern. Ab nächste Woche wird es sich das. Also ändern! In der Projektwoche! – **Das Leben ist schön!**

Gesegnet seist du, Frau Müller-Thurgau, du Schöpferin der göttlichen Schulprojektwochen … da in deinem afghanischen Erdloch!

Eintrag 2 – Sonntag, 23:20 Uhr

Ich habe nachgedacht! Gerade eben noch mal im Bett! Und dann musste ich gerade eben noch mal wieder aufstehen und mich an meinen Schreibtisch setzen.

Weil, keine Ahnung, ob dir das auch schon irgendwie aufgefallen ist: Aber zum Thema *Projektwoche* steht hier bisher nix Brauchbares drin. Was ein bisschen blöd ist, weil morgen früh geht's ja los mit der Projektwoche und vorher ist noch *Teamgruppenprojektideenbesprechung*, bei der die erste halbe Stunde dabei draufgehen dürfte, den Namen dieser bescheuerten Veranstaltung vernünftig auszusprechen. Und danach sollen dann eben alle Teams ihre Hammerideen raushauen, die sie sich zu dem Projektthema aus den Fingern gelutscht haben. Im Falle unseres Teams mithilfe eines Protokolls ... geschrieben vom *Protokollführer* ... der in jedem Fall dooferweise *Jan Hensen* heißt.

... es ist wirklich unfassbar, dass ich mich *freiwillig* zu dieser Mörderarbeit gemeldet habe. Ich, ein Protokollführer. Das ist Wahnsinn, ist das.

Aber du musst mir glauben: Es ging nicht anders. Ich *musste* mich freiwillig melden. Es ging schließlich um unser Team. *Teamgeist* ist wichtig. Da muss man eben auch manchmal Opfer bringen.

... na ja, und außerdem wäre ich sehr wahrscheinlich auch erst gar nicht reingekommen in *unser* Team, wenn ich nicht voll einen auf Opfer gemacht hätte.

Die Sache war die: Als Frau Kaulingfrecks mit ihrer *Kriegserklärung* durch war, atmete sie noch mal NATO-viersterne-generalmäßig schwer durch und stöhnte uns an: »Das Projektwochen-Motto hängt ja schon eine Weile aus. *Leben und **leben** in Hamburg*. Hat denn schon jemand eine Idee zu diesem ... ... ***außergewöhnlich originellen*** Titel?«

Und da ging in der ersten Reihe ein wundergleich zarter Zeigefinger in die Höhe. Nämlich der von Lena Senger und die sagte dann: »Ja, wir haben uns schon etwas überlegt. Nadine und ich. Wir werden eine superschöne PowerPoint-Präsentation in dieser Woche machen. Mit einer superspannenden Reportage über das Leben in Hamburg. Über die Menschen und ihre Berufe. Das wird superschön.«

»Ach du Scheiße! Wie langweilig ist das denn?!«, nuschelt mich da mein Kumpel Gerrit von der linken Seite an und: »Superschön: Gleich kotz ich!«, nuschelt es von der rechten Seite total begeistert rüber. – Sebastian. Auch ein Kumpel von mir.

Und ich selber nuschle gar nichts, denke aber auch, dass das so ziemlich die dämlichste Idee ist, von der ich in den letzten 13 Jahren überhaupt gehört habe, und dann zeige ich auf und spreche in den Klassenraum: **»Superschön! Dieselbe Idee hatte ich auch! Ich bin dabei!«**

Und da glotzen mich Gerrit und Sebastian sehr verwundert an. – *Jan Hensen*: der Meister im Grenznotenschreiben, der Gratwanderer der Versetzung, der Anti-Schüler! *Dieser* Jan Hensen soll eine Idee gehabt haben?!? Und dann noch so eine, von der man vorher weiß, dass sie unfassbar viel Arbeit bedeutet?!?

Die beiden glotzen mich also extrem verwundert an und mit ihnen die ganze Klasse … einschließlich Klassenlehrerin Kaulingfrecks.

Das hat mich dann schon ein bisschen geärgert, aber was sollte ich tun?! Ich konnte ja schlecht sagen, dass ich auf jeden Fall in Lenas Team will – ganz egal, *wie* dämlich die Idee ist, die sie sich da mit ihrer verzickten Bestfreundin Nadine ausgedacht hat.

Jedenfalls – Frau Kaulingfrecks meinte dann, als sie fertig mit Glotzen war: »Fein, Jan! Dann gehst du in das Team von Lena und Nadine. Das macht Sinn!«

›Ja, das macht ***extrem*** viel Sinn!‹, denke ich überglücklich.

»Nein, es macht ***überhaupt keinen*** Sinn!«, widerspricht da plötzlich Lenas Nachbarin doof. – Nadine Müller, die Kuh!

Und die widerspricht dann auch weiter: »Der Hensen soll woanders reingehen. Der bringt uns nichts. Außerdem sind wir schon komplett. Der Justus Bloch aus der 7c ist auch dabei.«

»Da seid ihr dann aber nur zu dritt«, legt Frau Kaulingfrecks für mich super vor und ich lege schlau nach: »Ganz genau. *Zu dritt* ist zu wenig. Es müssen *vier* sein. *Vier* Schüler pro Team. Mindestens! Stand alles im Aushang.«

»Wir nehmen den Lehmann noch dazu! Das sind dann *fast* vier!«, rechnet Nadine zusammen und tippt auf den Kopf von dem kleinen Hendrik Lehmann neben sich rum.

»Ich will aber nicht!«, quäkt Hendrik Lehmann. »Das Thema interessiert mich einfach nicht.«

***»Mich* aber!«**, gebe ich noch mal alles. »Mich interessiert das mit ... den Jobs ... und den Dings ... den *Menschen* eben ... die noch leben ... also hier in Hamburg ... in PowerPoint alles. Superidee!«

Da guckt mich die Kaulingfrecks erst noch mal ordentlich verwundert an und sagt dann aber zu Lena und Nadine: »Also, wie sieht's aus, meine Damen?«

Die Damen stecken dann noch mal kurz die Köpfe zusammen, tuscheln und kichern ein bisschen, nicken sich zu und dann dreht Nadine Müller sich zu mir rum und sagt: »Okay, du bist drin! Aber du schreibst das Protokoll!«

»Welches Protokoll?«, fragt Frau Kaulingfrecks. »Das wird doch gar nicht verlangt.«

»Von *uns* schon!«, erklärt die Müller. »Wir brauchen es unbedingt für unsere *P.P.P.* – also PowerPoint-Präsentation eben. Für die Fotos und so weiter. Das muss doch alles kommentiert werden.«

»Ah ja«, sagt die Kaulingfrecks da nur noch und dann glotzt sie mich wieder an. Wie alle anderen auch. Ich kann da förmlich in ihren extrem gespannten Gesichtern ablesen, dass sie jetzt alle nur noch eine Frage beschäftigt: *Wie wird Jan Hensen – Held der Arbeitsvermeidung – sich entscheiden?*

»… … … gnnng … … …«, entscheide ich mich. Die Kuh Müller hatte mich in der Hand. Und die Lena auch ein bisschen. Sie wussten beide, dass ich unbedingt in ihr Team wollte. Auch wenn sie nicht wussten, warum wirklich, aber dass ich unbedingt reinwollte, wussten sie eben.

Die komplette Klasse guckt also gespannt zu, wie ich den Mund langsam öffne, und da kommt dann raus: »J... ... ja klar! Ich mach das! ... *sehr* gerne!«

»**Ein Wunder!** ... äh ... ich meine: Jan! Das ist ganz *wunderbar* und sehr lobens...«, will Frau Kaulingfrecks irgendwas Lobenswertes über mich sagen und dann kommt sie aber nicht weiter damit, weil da nämlich plötzlich Cemal Yildirim durch die geschlossene Tür brüllt: **»SAG MAL, HENSEN! HAST DU EIGENTLICH NOCH ALLE LATTEN AM ZAUN? WAS IST LOS MIT DIR?«**

Schon möglich, dass Frau Kaulingfrecks sogar so was Ähnliches im Kopf hatte. Was dafür spricht, ist, dass sie dann auch herzlich lachen musste. Zusammen mit der kompletten Klasse. Aus den Fenstern hätten sie alle springen können vor lauter *Herzlich-Lachen* ... auf *meine* Kosten.

Was mir dann aber ganz ehrlich komplett egal war. Weil: Ich hatte es geschafft! Ich war in Lenas Team. Und darüber habe ich mich dann eben sehr gefreut. So sehr, dass ich dann auch aus dem Fenster hätte springen können ... vor lauter Freude!

Cemal durfte dann übrigens wieder reinkommen, was er dann aber gar nicht machte, weil es dann eh geklingelt hat und alle dann raus auf den Schulhof sind.

»Ganz im Ernst, Hensen«, haut Kumpel Cemal mich da noch mal an. »Der Schrank, in dem dir ein paar Tassen fehlen, ist praktisch nicht vorhanden, oder?«

»Yep! Total bescheuert!«, meint dann auch Sebastian.

»Und dann auch noch so ein fürchterlich uninteressantes Thema!«, quäkt der kleine Hendrik mich von unten an.

»Hensen! **Jan! Freund!** Das ist die Projektwoche, Mann! Eine *Extrawoche* Ferien! Warum tust du dir das an? Warum denn nur??? Warum???«, wirft dann auch noch Gerrit fassungslos in die Runde und dann ...

... steht plötzlich Lena in unserer Runde. Lena Senger! Meine *Teamgefährtin*!

»Äy Lönaaaaa! Isch lieb disch, äy«, switcht Cemal dann wieder in seinen Dönersprachmodus um. **»Isch will disch heiratten, äy. Mein Vatär gibt dein Vatär tausend und eins Kamele und dann können wir!«**

Da lachen dann alle total bescheuert und ich dann auch mit, weil das wär ja auch sofort aufgeflogen, wenn ich nicht über Cemals albernes Witzchen gelacht hätte. Da hätte ja jeder sofort gemerkt, dass ich Lena irgendwie echt gut finde ...

... und dass ich mir irgendwie ernsthaft vorstellen kann, sie irgendwann auch zu heiraten.
... in fünf Jahren oder so.
Hat ja auch alles noch
ein bisschen Zeit!

Alle lachen also. Außer Lena selbst natürlich. Die lacht nicht und sagt zu Cemal nur: »Superwitzig, Yildirim!« Und dann guckt sie mich mit ihren wunderschönen blauen Augen an und sagt: »Das Protokoll, Jan! Das wär ganz gut, wenn du bis Montag schon ein paar Sätze schreiben könntest. Kannst du ja ein bisschen zusammenfassen, was Nadine und ich eben alles schon erklärt haben.«

»Hä, hä! Ihr habt was erklärt? Was denn?«, mache ich dann einen auf total bescheuert supercool und tue so, als wüsste ich gar nicht, worum es geht.

Was ich in dem Moment echt perfekt draufhabe, weil ich brauche nicht mal so zu tun als ob, weil ich wirklich nicht den blassesten Schimmer habe, was Lena und Nadine vorhin im Unterricht *noch* alles so erklärt haben. Da war ich irgendwie nicht anwesend, mit den Gedanken woanders eben, nicht voll da also.

Und dann tue ich aber so, als wüsste ich natürlich ganz genau, worum es geht, und sage cool: »Keine Sorge, Lena. Ich mach das schon! Hä, hä!«

»Bis Montag, ja?!«

»Ja klar bis Montag! Das krieg ich hin. Hä, hä!«

... *Häää, häää!* Einen Scheiß krieg ich hin! Jedenfalls nicht bis Montag. Genau genommen haben wir den nämlich schon, den Montag. Seit fünf Minuten. Montag. Heute also. Um fünf nach zwölf. *Mitternacht.* Da krieg ich einen Scheiß noch hin. Ich weiß ja nicht mal, worum es eigentlich geht. ... also irgendwie natürlich schon. Aber das reicht aller Wahrscheinlichkeit nach nicht ganz aus, wenn ich morgen – also *heute,* gleich in 7 Stunden und 55 Minuten – vorlese: »Ich weiß irgendwie, worum es geht ... Punkt!«

Aber egal! Ich krieg das schon irgendwie hin. Irgendwas fällt mir da schon noch ein. … das mach ich doch im Schlaf! … Eintrag Ende! … Gute Nacht!

Eintrag 3 – Montag, 12:33 Uhr

Fürs Protokoll: Heute Morgen, Punkt acht, fanden sich mehrere Teams jeweils in einer Gruppe zusammen für die *Teamgruppenprojektideenbesprechung* und in dieser *Teamgruppenprojektideenbesprechung* hat jedes Team seine Ideen vorgestellt, welche dann besprochen wurden, und ...

... noch so ein Satz und ich krieg den Nobelpreis für Literatur!

Jedenfalls: Heute Morgen haben sich mehrere Teams in jeweils einer Gruppe getroffen und dann wurde viel gequatscht. Mit Gruppenleiter auch noch, damit nicht alle durcheinanderquatschen. Die Gruppenleiter sind in der Regel Lehrer.

... oder so welche, die mal vollständige *Lehrkörper* werden wollen. Die nennt man dann *Referendare* und genau so einer ist unser Gruppenleiter. Ein *Referendar.* Und der heißt Gero *Preobratschinnsky* ... oder so ähnlich. Der ist noch ganz besessen von dem Job als Lehrer. Macht einen auf *total locker,* springt bei jedem Satz rum wie ein Hampelmann und alle dürfen ihn duzen. Was irgendwie auch Sinn macht, weil seinen Nachnamen kann eh keiner vernünftig aussprechen.

Jedenfalls: Wir – heute Morgen – auf dieser Besprechung – und der Gero brüllt dann total locker in den Klassenraum: **»Hey *Kids*! Ich bin ja so gespannt auf eure coolen Ideen für die Projektwoche. – Fangen wir doch mal mit euch an«**,

... und strampelt mit seinen Armen Richtung Team von meinen Kumpels Gerrit, Sebastian, Hendrik und Cemal und *der* dönert zurück: »Äy, Herr Prebrratz, wir haben superschön extremgeil coole Idee für das Projecktwoch. Is aber noch ...«

»Nenn mich doch bitte *Gero*. Das ist einfacher, Kenan«, unterbricht Gero Cemal.

Und Cemal zurück: »Alles klar, *Günther*!«

Und Gero dann wieder: »*Gero*! Nicht *Günther*, Kenan.«

»Und isch binn coole *Cemal*, nicht scheiß *Kenan*, ... Günther!«, meint Cemal zu Gero dann noch mal und dann ...

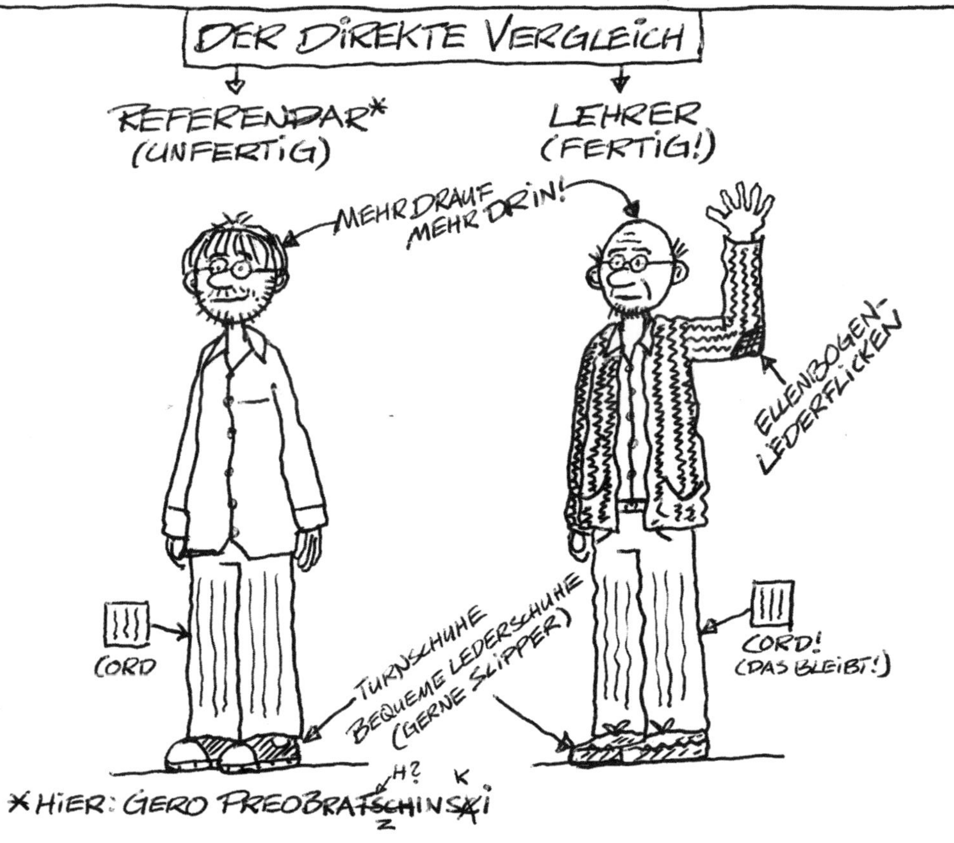

… lagen mehrere Teams jeweils unter einem Gruppentisch und brüllten vor Lachen. Außer Gero, versteht sich. Der versuchte dann, irgendwie wieder Ruhe in die Gruppe zu kriegen, was ihm dann auch irgendwie nach nur 20 Minuten gelang.

Und dann durfte der Cemal noch mal anfangen, die *coole* Idee von seinem Team vorzustellen: »Is extrem scheißencoole Idee! Aber voll geheim noch, äy.« Und dann macht er eine superübertrieben wichtige Pause und sagt dann superwichtig leise und supergeheimnisvoll: »… … isch sack nur … … … … *Stadtpark!* … … … Günther!«

Da rollt der Gero wegen *Günther* dann aber nur noch mal kurz die Augen und fragt dann wieder superinteressiert nach, warum denn diese Idee noch geheim bleiben muss, und darauf erklärt ihm dann Cemal irgendwas und Gerrit, Sebastian und Hendrik dann auch noch mal abwechselnd irgendwas, was kein Mensch versteht, und Gero sagt dann ganz zum Schluss mit Finger am Kinn und total beeindruckt: »Ah, verstehe!«

Ich sag dir, mein Freund: *Nichts* hat *Günther* verstanden! Weil es *nichts* zu verstehen gibt. Die einzige Idee, die meine Kumpels haben, ist die, eine Projektwoche lang wunderschön im Stadtpark abzuhängen. Die können vielleicht einen unvollständigen Lehrer voll verarschen, aber nicht mich. Weil: Die Rede ist hier von meinen Kumpels! Ich weiß, wie die ticken! ... weil ich vom Prinzip her genauso ticke! Im Stadtpark abhängen! Das machen wir sonst immer schön zusammen.

Und deswegen war ich da auch schon ein bisschen neidisch auf meine Kumpels, als die ihre *geheimnisvolle* Projektidee erklärten, die kein Mensch verstand außer mir eben. – Ohne mich werden sie projekttechnisch abhängen, während ich freiwillig ins *Arbeitslager* gehe.

Aber dann dachte ich: ›Es ist egal! Ich habe mich nun mal entschieden! Für Lenas Team!‹, dachte ich entschieden und ließ meine Blicke durch unser Team schweifen. Sie schweiften von diesem Justus Bloch neben mir und schweiften weiter vorbei an der Kuh Nadine Müller bis zu Lena Senger. Und da blieben dann meine schweifenden Blicke auch voll hängen. ›Lena Senger! Für **dich** habe ich mich entschieden!‹, dachte ich dann noch einmal glücklich und dann …

… hörte ich auf zu denken, weil ich hörte, wie man meinen Namen rief. Referendar Gero rief ihn. Mehrmals anscheinend, weil alle ihren großen Spaß hatten, dass ich nicht gleich reagiert habe.

»Jan, alles in Ordnung mit dir?«, fragt mich da noch mal der total besorgte Gero.

»Äh ... jaja, alles gut!«, beruhige ich ihn und sage ich nichts mehr und Gero guckt mich dann aber trotzdem immer noch ganz erwartungsvoll an.

»Was!«, will ich wissen.

Und Gero dann superaufmunternd: »Du bist dran, Janny! Eure Team-Idee! Stell sie doch bitte vor! Nur Mut, Janny! Trau dich!«

»Ich heiße Jan und nicht *Janny* ... ***Günni*!**«, witzle ich da noch mal rum, weil ich es auch echt nicht ausstehen kann, wenn man mich *Janny* nennt.

Da hatte ich erst mal die Lacher wieder voll auf meiner Seite. Und was besonders gut war, dass *Günni* noch mal ganze zehn Minuten brauchte, die voll aufgedrehten Teams wieder ein bisschen unter Kontrolle zu kriegen. In der Zeit konnte ich mich nämlich noch mal voll geistig auf die Ausrede konzentrieren, die mir heute Morgen noch auf dem Klo eingefallen war. – Ich sag ja: irgendwas fällt mir immer ein.

Günni also, also *Gero* eigentlich, kriegt die Meute nach rund zehn Minuten wieder ein bisschen unter Kontrolle und dann fordert er mich noch mal auf, unsere Teamidee vorzustellen. Da sag ich dann erst cool: »Kein Thema!«, und greife cool in meinen Rucksack, um das Protokollbuch cool herauszuziehen. – Was natürlich der totale Quatsch ist, weil ich hundertprozentig weiß, dass das Buch da garantiert nicht drin ist, sondern in der zweituntersten Schublade von meinem Schreibtisch liegt. Ich greife also in meinen Rucksack, voll zielsicher ins Leere, setze ein total erschrockenes Gesicht auf und jammere los: »Oh, so ein Mist! Ich hab das Protokoll zu Hause vergessen! Tut mir echt leid, Günther!«

»Ich heiße ...«, sagt Günther und die Müller mault: »Na super!«

Und Lena sagt erst gar nichts und guckt mich nur enttäuscht an, was viel schlimmer ist als *rummaulen*.

»Ach *Janny*, kein Problem!«, quatscht mich dann aber plötzlich dieser Justus Bloch doof von der Seite an.

Und bevor ich da auch nur sagen kann, dass dieser Penner mich nicht *Janny* nennen soll, quatscht der Typ einfach weiter: »Ich mach das für dich, Janny. *Ich* kann unsere Teamidee auch *ohne* Protokoll erklären.« Und legt dann auch gleich los. Ohne Punkt und Komma. Einfach so. Wie vorgelesen. Aus dem Kopf raus erklärt er allen, worum es sich bei *unserer* Teamidee handelt.

Da war ich schon ein wenig angenervt, aber andererseits war ich dann aber auch echt froh, dass ich aus der Schusslinie von Günther und Nadine war und von Lena sowieso.

Dieser Justus Bloch erklärte also *unsere* Teamidee, und worum es sich im Einzelnen bei dieser Idee handelt, kann ich dir, mein Freund, eigentlich immer noch nicht so ganz genau sagen, weil ich nicht so ganz genau zugehört habe, was dieser Justus Bloch da so alles erklärt hat, weil ich da nämlich wieder voll damit beschäftigt war, Blicke schweifen zu lassen, die dann immer voll bei Lena hängen blieben – heimlich, versteht sich.

Bis dann dieser Justus Bloch endlich fertig war mit Labern und ganz zum Schluss noch mal oberwichtig sagt: »*Leben und **leben** in Hamburg*. Eine spannende Reportage über die Bürger dieser Stadt – *unsere* Eltern also!«

»Unsere ***was***?«, frage ich doof nach, was dann aber Gott sei Dank keiner so richtig mitgekriegt hat, weil Referendar Günther komplett irre vor lauter Begeisterung den Justus anbrüllt: **»TOLL, JUSTUS, EINFACH NUR TOLL. GANZ AUSGEZEICHNET. EINE WUNDERVOLLE IDEE!«**

»Ja, ich weiß! Sie ist brillant!«, gibt dann doch tatsächlich dieser eingebildete Bloch zurück, worauf ich dann zu meinen Kumpels rüberschiele, die dann alle gleichzeitig ihre Finger in den Hals schieben.

Was ich dann selbst auch am liebsten gemacht hätte, wenn sich da nicht plötzlich eine wunderrein glockengleichhelle Stimme zu Wort gemeldet hätte. – *Lenas* Stimme: »Gero, es wäre echt superschön, wenn sich unser Team außerhalb der Schule treffen könnte. Also in dieser Projektwoche dann. Keine Ahnung, privat vielleicht. Abwechselnd bei mir und den anderen oder so. Da haben wir einfach mehr Ruhe für unser superschönes Projekt.«

›Privat!‹, denke ich total begeistert. ›Privat bei Lena! Bei ihr zu Hause! Wie *superschön*! Alles läuft bestens. Alles wird gut. Lena und ich. ***Privat!‹***, denke ich alles wie von Sinnen total begeistert und dann antwortet aber der Günther superbescheuert: »Ihr könnt aber genauso gut hier in der Schule an eurer PowerPoint-Präsentation arbeiten. Im Medienraum an den Schulrechnern.«

»Die sind ständig besetzt«, kontere ich da schnell und clever.

»Exakt! Meistens von den Spacken aus der Zehn. – Keine reelle Chance«, stimmt mir da ausgerechnet die Müller zu.

»Außerdem haben die Schulrechner zu wenig Leistung für eine derartig aufwendige *P.P.P.*«, setzt Spacko Bloch noch einen obendrauf. Was aber genau richtig war, weil damit hatten wir den guten Günther komplett ausgeknockt.

Der sagt dann nur noch mal: »Also gut, meinetwegen! Dann macht das so. Privat! Aber zu den morgendlichen Gruppenbesprechungen erscheint ihr weiterhin, okay?«

»Selbstverständlich!«, antwortet Justus.

»Supergern!«, antwortet Lena.

»Geht okay!«, antwortet Nadine.

»Kein Thema, Günni!«, antworte ich.

»Ich heiße Günther … äh ***Gero***, nicht Gün…«, antwortet der Referendar Gero Preopaczynski, weshalb dann mehrere Teams wieder komplett am Boden liegen vor lauter Lachen und sich auch bis zum Ende der Stunde dieser *Teamgruppenprojektideenbesprechung* nicht mehr einkriegen.

Und als Günther uns beim Schulgong erlaubte, dass wir nun gehen dürften, waren sowieso schon fast alle halb auf dem Schulhof, und da sagte Lena zu mir … und zu Nadine und Justus natürlich auch ein bisschen: »Wenn das für euch okay ist, können wir uns heute gern bei mir zuerst treffen.«

Für mich war das *sehr* okay und Nadine und Justus waren auch damit einverstanden.

Ein Treffen mit Lena! ***Privat!*** In exakt 55 Minuten und 23 Sekunden um exakt 14:00 Uhr werde ich Lena treffen. Bei ihr zu Hause! ***Voll privat!*** ... zusammen mit den andern beiden Spacken. Also Nadine und diese Knalltüte Bloch sind natürlich auch dabei. Aber das ist extrem nebensächlich. Extrem *hauptsächlich* ist, dass Lena und ich uns treffen werden. **Endlich!**

Also es ist nicht so, dass ich Lena vorher noch *nie* allein getroffen hätte. Da gab's schon die ein oder andere Begegnung. Also zum Beispiel: erste große Pause, Schulhof. Da hab ich sie mal zufällig allein rumstehen sehen und bin dann auch sofort auf sie zu – superzufällig – und habe dann voll cool so getan, als hätte ich sie gar nicht gesehen, und ...

... bin dann einfach stumpf weitergelaufen. An ihr vorbei und weg.

Oder zweites Beispiel: zweite große Pause, Schulhof ...

... was keinen Sinn macht, dir davon zu erzählen, weil in *Beispiel zwei* exakt dasselbe passiert ist wie in *Beispiel eins*.

Fakt ist: Ich könnte dir jetzt mindestens 1034 Beispiele nennen, wo immer dasselbe passiert: *Ich – auf sie zu – tue so, als würde ich sie nicht sehen – und laufe weiter. An ihr vorbei und weg … Punkt*

Da könntest du nun denken: ›Höchst uncool, dieser Jan!‹

Worauf ich dann denken würde: ›Denk doch, was du willst, … Blödmann!‹

… aber weißt du was? Irgendwie hast du auch total recht. … also für den Fall, dass du so über mich denken würdest.

Weil, klar: Es *ist* uncool! *Weiterlaufen und weg* – das bringt ja nichts, wenn man jemanden näher kennenlernen will.

Aber du machst dir ja kein Bild, wie es in mir drinnen aussieht. Total hohl sieht's da nämlich aus. Also natürlich immer nur dann, wenn ich in der Nähe von Lena bin. Ich sehe sie und fühl mich hohl – richtig leer vor lauter Aufregung, wenn du verstehst, was ich meine. Ich weiß dann einfach nicht mehr, was ich sagen soll, und hau dann einfach ab.

... bis auf ein einziges Mal! Da bin nicht abgehauen. Konnte ich auch gar nicht. Weil das war bei McDonald's in der Schlange. Da kann man nicht einfach so abhauen. Weil, wie doof wär das denn, wenn man sich in eine Schlange stellt und dann einfach wieder abhaut.

Jedenfalls: Ich – in der Schlange – und da – plötzlich, unerwartet, ganz überraschenderweise – tippt mich jemand an. – Ich dreh mich um, und wer ist es?: Lena!

Und die sagt dann: »Hi Jan.«

Und ich lauf rot an und sage: »... ... ... äh ... Hi.«

Und Lena sagt dann nichts mehr.

Und ich, rot angelaufen, sage dann noch mal: »Öhmm ... ... essen hier?«

Und Lena dann: »Nein, ich möchte mir hier eine Bohrmaschine kaufen.«

Und ich, knallrot wie ein Feuerlöscher, wiederhole doof: »Eine B... ... Bohrmaschine! ...?¿?«

Und sie dann: »Kleiner Scherz«, und grinst.

Und ich, rettungswagenalarmfarbenrot, grinse verzweifelt zurück: »... *ähääa* ... ein Witz! Verstehe! ... *ähääa* ... witzig. Echt!«

Und dann sage ich noch mal oberdoof: **»Schüss!«**, und …

… geh dann aber gar nicht weg. Ich dreh mich einfach nur schnell um und bleibe cool stehen. Also in etwa so cool wie ein zusammengekloppter Schrottroboter. Und genauso hohl wie einer auch noch. So fühl ich mich. Wie ein hohler Roboter, der eine Sache perfekt draufhat: Umfallen! Aber selbst dazu bin ich dann noch zu dämlich.

Nach 3 Minuten – also nach einer gefühlten Ewigkeit mit Lena im Rücken – war ich dann endlich dran, bestelle irgendwas, knall 5 Euro auf die Theke, warte nicht mal aufs Wechselgeld, dreh mich schnell um, grinse voll verzweifelt superdoof in Lenas Gesicht, sage »… ähääää …« und stolpere aus dem Laden raus.

… mit einer Tüte Eis in der Hand, wie mir dann im nächsten Moment auffällt. Für 5 Euro!

Höchst uncool, das alles! Ich weiß.

Ich kann so was einfach nicht. Jedenfalls nicht unvorbereitet. Wenn ich vorbereitet gewesen wäre, dann wäre diese Begegnung komplett anders verlaufen. Ganz sicher, das!

An die tausend Mal habe ich exakt dieselbe Szene durchgespielt. Habe mir überlegt, wie das ***eigentlich*** hätte laufen müssen. Viel cooler eben: Ich – in der Schlange bei McDonald's – Lena tippt mich an – Ich dreh mich um – Lena sagt »Hi Jan!«, und ich sag dann supercool: »Hey! Hi Lena! Das ist ja schön, dass wir uns hier treffen. Mensch, ich hab vielleicht einen Hunger. Ich komm grad vom Fallschirmspring-Training. Darf ich dich einladen?«

Worauf Lena vielleicht nur noch verlegen lächeln kann und ein bisschen rot anlaufen ganz sicher auch noch. Worauf ich dann aber einfach nur sagen werde: »Cool!«, und zur Bedienung dann noch: »Zweimal die Karte rauf und runter ... mit Mayo!«

So hätte das laufen müssen! Lief es aber nicht! Weil ich nicht vorbereitet war!

In exakt 43 Minuten und 2 Sekunden ist es so weit. Treffen mit Lena. Bei ihr zu Hause. Und …

… ich *bin* vorbereitet!

Eintrag 4 – Montag, 15:55 Uhr

Das Treffen bei Lena … war gewesen! Und ich war vorbereitet! Perfekt vorbereitet war ich!

Noch auf dem Weg zu den Sengers bin ich noch mal jedes Detail meiner perfekten Vorbereitung voll strategisch durchgegangen.

Überpünktlich würde ich bei den Sengers auf der Matte stehen. Nämlich exakt drei Minuten vor der Zeit. Da wäre ich dann der Erste und würde dann auch als Erster den Klingelknopf von den Sengers drücken. Exakt eine Sekunde lang. – *Ding Dong* – Kurz darauf würde mir Lena die Tür öffnen. – *Aber Achtung!* – Vielleicht würde auch Frau Senger in der Tür stehen. Damit musste ich rechnen. *Unbedingt* musste ich das. Mütter sind wichtig! Es ist enorm wichtig, bei ihnen einen guten Eindruck zu machen. Punkte bei Müttern sammeln, das ist die halbe Miete. Ich würde mich ordentlich vorstellen und ihr zur Begrüßung höflich die Hand reichen. Nicht zu lasch, nicht zu kräftig – der *perfekte* Händedruck musste es sein.

Dann würde ich Lenas Zimmer betreten. Lena wäre dann vielleicht schon drin und würde auf ihrem Schreibtischstuhl sitzen.

Und weil es dann perfekterweise keine weitere Sitzgelegenheit geben würde, würde ich mich auf die Kante von ihrem Bett hinpflanzen. Ich – auf *Lenas* Bett. Dann würde ich ihr Zimmer bewundern. Die Einrichtung. Mit treffend ausgesuchten Wörtern würde ich dies tun – *geschmackvoll, hübsch, geil, cool* ... pro Gegenstand ein ausgesuchtes Wort.

Und irgendwann wären dann auch die drei Minuten rum und dann würden um Punkt 14:00 Uhr Nadine Müller und Justus Bloch dazukommen. *Justus Bloch*, diese Pfeife. Der kann vielleicht wie auswendig gelernt den Günther vollla- bern, aber bei Lena hätte er da keine Schnitte mehr. Sobald er den Mund aufmacht, würde ich da voll drüberfahren und sagen: *Hey Bloch, du Furz! Merk dir mal gut, was* ***du*** *sagen wolltest. Jetzt reden die Großen, okay?!* – Da würde Lena dann loskichern und die bescheuerte Müller garantiert auch, weil die ist ja schließlich Bestfreundin, und Bestfreundinnen müssen ja auch immer loskichern, wenn die Cheffreundin es tut.

So gesehen, gar nicht mal so übel, wenn der Bloch dabei ist. Er, der Depp – ich, der Player! Perfekt!

›... perfekt!‹, dachte ich also auf dem Weg zu den Sengers auf meinem Rad fahrend, da ...

... fuhr das Rad dann aber gar nicht mehr, weil die bescheuerte Kette wieder mal abgesprungen ist. Damit hätte ich rechnen müssen. Rechnete ich aber nicht. Hab's einfach komplett vergessen, dass die Kette dauernd abspringt.

Egal! Ich hab die Kette wieder auf die Zahnräder draufgefummelt und musste dann aber highspeedmäßig voll in die Pedale treten, damit ich wenigstens noch Punkt 14:00 Uhr bei den Sengers auf der Matte stehen konnte.

Komplett abgehetzt erreichte ich mein Ziel! Um 14:05 Uhr! Zu spät! Hektisch stellte ich mein Fahrrad ab und drückte dann aber wie geplant eine Sekunde lang den *sengerschen* Klingelknopf. Überraschenderweise machte es dann eine Sekunde lang ***Riiiiing***, nicht *Ding Dong*. Aber das war ja auch komplett egal.

... nicht *ganz* so egal war, dass ich dann einen amtlichen Fingerabdruck auf dem gediegenen Klingelknopf entdeckte. Meinen *eigenen* nämlich. Von den ölverschmierten Händen nach meinem unfreiwilligen Boxenstopp.

Schnell überprüfte ich meine Hände und entschied, dass der kleine Finger der linken Hand noch der sauberste von allen ist, und wischte den Fleck wieder weg. Blöd war, dass ich den Klingelknopf dabei noch mal drücken musste. Immer und immer wieder. – ***Ring Ring Ring Riiiiiing RiingRing Rrrrrrrrrrrrrrrrrrrrrrriiiiiiiiiiiiing…***

Und auch richtig blöd war, dass ich den Fleck gar nicht wegkriegte und ihn eigentlich nur noch immer mehr auf der gesamten Klingelfassung verteilte, je öfter ich darauf rumrubbelte. – ***RingRingRingRingRingRingRingR…***

… die Tür sprang auf und vor mir stand: Frau Senger! Lenas Mutter! Wie von mir einkalkuliert – knallhart berechnet eben.

Da wusste ich, dass der erste Eindruck, den ich auf Lenas Mutter machte, jetzt nicht unbedingt der genialste war. Aber noch konnte ich das Ruder rumreißen und streckte ihr meine Hand zur Begrüßung hin. Schnell wie *Günther*, also so *hampelmannmäßig* eben.

Frau Senger hielt mir dann auch ihre Hand hin, die ich dann höflich durchschüttelte. Mit dem festen Griff eines Hufschmieds. Weil ich da schon ein bisschen Lampenfieber hatte.

Da stöhnte die feine Frau Senger kurz auf vor lauter Schmerzen, aber so richtig-**richtig**-**RICHTIG *SAUBLÖD*** war dann, dass ihre rechte Hand nun auch komplett ölverschmiert war …

Aber egal! Das mit dem Mütter-Punkte-Sammeln müsste ich halt noch ein wenig üben und Frau Senger führte mich dann ja auch fast direkt zu Lenas Zimmer … über einen kleinen Umweg über das Gäste-WC, wo ich meine Hände ordentlich waschen musste.

Dann aber endlich durfte ich Lenas Zimmer betreten und …

… da war der Schock groß. – Dass Lenas Zimmer einer mit Bravopostern zugekleisterten Puppenstube glich, war eine Sache. *Geschmackvoll? Hübsch? Geil? Cool?* – All meine mühevoll ausgesuchten Wörter konnte ich treffsicher in die Tonne kloppen. Das war die eine Sache!

Eine extrem komplett andere Sache war, dass Justus Bloch auf Lenas Bett saß. Mittendrauf. Im Schneidersitz. Unmittelbar neben Lena. *Meiner* Lena. Und beide zusammen guckten mich nicht mal an. Supergut gelaunt glotzten sie nur auf das iPad, das der Bloch in den Händen hielt, und beide kicherten bloß.

»Hensen, du bist zu spät!«, begrüßte mich dann wenigstens Nadine Müller, die auf dem Schreibtischstuhl rumsaß.

»Tut …«, wollte ich sagen, dass mir das echt leidtut, wenn mir da nicht ausgerechnet der Bloch über den Mund gefahren wäre und bescheuert losreimte: »Fünf Minuten vor der Zeit ist des Kaisers Pünktlichkeit!«

Und da war es höchste Zeit für meinen Konter! Das konnte ich nicht durchgehen lassen und haute meinen *Player*-Spruch raus, den ich mir ja noch auf der Fahrt hierhin für den Deppen Bloch zurechtgelegt hatte: »Hey Bloch ... ähm ... merk dir mal gut, was **ich** sagen wollte. Jetzt reden die Großen ... äh ... okay? ... **Furz!**«

Du musst mir glauben, Kumpel. Ich hätte den Spruch garantiert auch richtig abgefeuert, wenn denn alles planmäßig cool verlaufen wäre. Aber bis dahin lief eben so gar nichts planmäßig cool und deswegen war ich auch selbst höchst uncool neben der Spur und machte mich mit dem Versprecher zum King aller Deppen!

Bloch wieherte laut los vor Lachen, Lena auch und Bestfreundin Müller dann sowieso. Bis sich dann alle endlich wieder eingekriegt hatten und Lena dann *endlich* auch mal mit mir sprach.

»Setz dich doch«, sagte sie süß.

»Vielen ... äh ...«, bedankte ich mich superdoof, weil mir jetzt erst auffiel, dass der einzige Stuhl im Raum ja bereits von der Müller besetzt war und der Bloch neben Lena sich auf ihrem Bett im selben Moment dann noch mal extra breit gemacht hat.

Da musste ich mich dann eben auf den Teppichboden setzen. Als *Einziger*!

Ich sag dir, mein Freund: Es war die maximale Erniedrigung! Tiefer kann ein Mensch nicht sinken ... oder *sitzen* eben.

Aber wurscht! Immerhin drückte mir Nadine dann noch eine von den Fantaflaschen in die Hand, die sie für jeden mitgebracht hatte, und dann waren alle drei sowieso wieder voll mit ihrer öden Projektidee beschäftigt und beachteten mich gar nicht weiter.

»Also, ich fasse noch mal zusammen, Mädels«, legt der Justus obermaxmäßig los. »Heute gehen wir zu ***deinem*** Vater, Lena – richtig?!«

»Superrichtig, hab schon mit ihm gesprochen! Um fünf wäre gut. Da hat er ein bisschen mehr Zeit für uns«, antwortet Lena.

»*Feini feini fein!*«, sagt der Bloch dann wieder obermaxmäßigblöd und tippt auf seinem bescheuerten iPad rum.

Ich recke ein bisschen den Hals, um auch was sehen zu können, damit ich wenigstens ein bisschen im Bilde bin. Bin ich dann aber gar nicht, weil der Bloch sein iPad ausgerechnet dann immer ein klein wenig mehr zu sich hindreht, sobald ich den Hals ein bisschen danach recke. Erst dachte ich, dass das wohl ein blöder Zufall ist, und weil er's dann aber immer und immer und **immer wieder** tut, sobald ich meinen Kopf hebe, weiß ich, dass es die pure Absicht ist.

›Er spielt mit mir wie mit einem bescheuerten Hund, der nach einem Leckerli bettelt‹, denke ich echt sauer, und bevor ich gleich auch noch anfange zu bellen, sage ich clever: **»Wow!«**

Was ein bisschen sehr doof rauskommt, weil ***Wow*** nun mal so ähnlich klingt wie ***Wau***. Aber egal, ich sage: **»Wow!«**, und dann noch mal etwas leiser: »… wow. Geniales iPad. Schmeiß mal rüber … ***Blochi*****!**«

Da guckt er mich im ersten Moment extrem baff an, weil ich ihn *Blochi* genannt habe, und ich kann dir jetzt auch echt nicht sagen, ob er da den Spitznamen zum ersten Mal hört oder ob der Spitzname bei ihm extrem miese Erinnerungen weckt. – Was weiß ich: vielleicht an seine Kindergartenzeit, wo sie ihn vielleicht ***alle*** *Blochi* nannten, bevor sie ihm regelmäßig Bauklötze an die Birne gehauen haben. – Kann sein, muss nicht.

Fakt ist, er hat mir sein bescheuertes iPad tatsächlich rübergeschoben, und ich überfliege im nächsten Moment so unauffällig wie möglich den geöffneten iPad-Kalender, damit ich endlich peile, worum es hier überhaupt geht.

Montag: 13:57 Uhr – Treffen bei Lena, lese ich da als Erstes.

›Die linke Sau!‹, denk ich. ›3 Minuten vor der vereinbarten Zeit. Das war *mein* Plan!‹

Da habe ich aber dann keine Zeit mehr, mich weiter darüber aufzuregen, weil der Bloch dann anfängt, mit seinen Händen rumzuwinken, weil er das iPad zurückhaben will.

Montag: 17:00 Uhr – Betriebsbesichtigung und Interview auf der Polizeiwache mit Herrn Polizeihauptkommissar Senger ... kann ich grad noch den zweiten Eintrag lesen, bevor der Bloch dann anfängt rumzuquengeln: »Gib es wieder her!«

Da bleibe ich aber cool und sage: »Sehr gute Wahl, das Teil, ... ***Blochi***! Hab dieselbe Version.«

Und Bloch sagt dann: »Das würde mich doch sehr wundern, wenn ausgerechnet *du* die gleiche iPad-Version hättest. Kennst du die überhaupt?«

»...?«, antworte ich mit drei Punkten und einem Fragezeichen, weil ich keine Antworten habe.

»Es ist die *neueste*! Hat mir mein Daddy von seiner letzten Dienstreise aus Amerika mitgebracht. Kriegt man hier erst in zwei Wochen«, trompetet er rum und schiebt dann extraarschig nach: »... wenn man es sich *leisten* kann ... ***Janny***!«

Und da war's aus. Justus Bloch hatte einen echt wunden Punkt bei mir erwischt. *Zwei* Punkte sogar. Punkt eins: Ich kann mir die neueste iPad-Version tatsächlich *nicht* leisten! ... nicht mal die ältere. Praktisch gesehen bin ich komplett *versionsunabhängig* ... weil ich nämlich überhaupt kein iPad habe. – Und Punkt zwei: Ich kann es ***echt*** nicht ausstehen, wenn man mich *Janny* nennt!

»Ach, Janny!«, sagte dann Lena auch noch mal. »Jetzt gib

Justus doch bitte das iPad zurück. Wir wollen doch noch die anderen Termine durchgehen.«

»Genau, ***Janny***! Sei brav und gib es wieder her!«, rührt Justus dann noch mal in derselben Wunde rum.

Und da war's dann *mehr* als aus. *Amtlich* aus war's. Supersauer war ich.

Aber dann, mein Freund, riss ich mich übermenschlich stark zusammen. *Nichts* ließ ich mir anmerken. Weil ich hatte eine Eingebung. Ganz plötzlich. Eine geniale Idee, mit der ich Justus Bloch außer Gefecht setzen konnte.

Und nicht nur das. – Die blöde Pissbirne würde im nächsten Moment das Feld räumen müssen. Nach Hause würde er gehen müssen. – Freie Bahn für Lena! ... und für den freigewordenen Platz auf ihrem Bett!

Ich also – mich übermenschlich stark zusammenreißend – beuge mich zu Justus Bloch rüber, um ihm das iPad wiederzugeben. Mit meiner rechten Hand tue ich dieses. Der Hand also, mit der ich gleichzeitig auch meine Fantaflasche umklammere, die noch halb voll ist ...

... und im nächsten Moment dann komplett leer, weil ich sie ausgekippt habe. *Aus Versehen. Ganz aus Versehen* direkt über dem Reißverschluss von Justus Blochs weißer Cordhose. Voll auf seinen Pillermann.

›Volltreffer!‹, denke ich und sage aber gleichzeitig: »Oh sorry, ***Blochi***! War keine Absicht!«

»Pass doch auf, du Blödmann!«, sagt der Bloch – praktisch gesehen voll angepisst.

Und dann jammert Lena aber plötzlich los: »Mein Bettlaken. Mein wunderschönes neues Bettlaken. Wie sieht das denn jetzt aus?!«

Ich guckte doof auf das schneeweiße Bettlaken und hatte eine ziemlich klare Vorstellung davon, was Lena meinte, wie das denn jetzt aussehen würde mit dem gelben Fleck drauf auf dem schneeweißen Bettlaken. – Nadine anscheinend auch, weil die dann kurz auflachte. So unterdrückt mit Mund zu, so *knarzend* über den Rachen eben. Ich weiß nicht, wie ich dir das sonst noch beschreiben soll. Vernünftige Buchstaben gibt es dafür nicht.

Jedenfalls: Nadine lachte *irgendwie* kurz auf und da fauchte Lena sie an: »Das ist nicht witzig!«, und sprang im nächsten Moment auf, rannte aus dem Zimmer und kam ein, zwei Momente später wieder mit ihrer Mutter zurück. – Frau Senger eben. Die blickte dann *extrem verschärft* entgeistert auf mich herab, weil sie anscheinend voll im Bilde war über das, was gerade passiert ist, und sagte dann aber zu Justus Bloch: »Ach, Justus, wie ungeschickt von dem … *Jungen* hier. Aber das kriegen wir schon wieder hin. Ich wasche deine Hose aus und dann stecke ich sie schnell mal in den Trockner.«

Lena gab dem Bloch dann auch noch eine Jogginghose von ihrem älteren Bruder, die er sich in der Zwischenzeit überziehen konnte. Und nachdem Lenas Bett wieder frisch bezogen war, pflanzte er sich da einfach wieder hin, und dann wurde da weitergemacht, wo ich die Teambesprechung unterbrochen hatte.

Meine clevere Fanta-Attacke, sie ging daneben …

… und dann auch noch ordentlich nach hinten los, weil irgendwann war diese Besprechung ja auch mal vorbei und dann mussten wir alle gehen. Also *Nadine* und *ich* mussten es. *Justus Bloch* durfte bleiben. Weil seine Cordhose ja auch noch im Trockner war.

Bloch! Allein mit Lena! *Meiner* Lena! In der Jogginghose ihres leiblichen Bruders! In *ihrem* Zimmer! Auf *ihrem* Bett! Sitzend! … oder *liegend* womöglich! … es ist alles so … so … so grausam!

… das Treffen bei Lena? Es war eine einzige Demütigung … Niederlage … Katastrophe … alles in einem!

Eintrag 5 – Montag, 20:33 Uhr

Fürs Protokoll: Heute um 17:00 Uhr war unser Team auf der Polizeiwache von Herrn Senger, der dort als Polizeihauptkommissar arbeitet. Das Team hat Polizeihauptkommissar Senger interviewt. Polizeihauptkommissar Senger führte das Team durch die Polizeiwache. Das Team machte Fotos hiervon …

… und auch mal nur so fürs Protokoll: Justus Bloch ist ein Arschloch!

Aber ehrlich, Kumpel! Er ist verschlagen und böse. … wie dieser Typ aus *Star Wars*. Ich mein den mit der Kapuze. – Okay, da tragen viele eine Kapuze. Auch die Guten. Aber ich meine jetzt den einen *Bösen*. Den mit der Faltenfresse! Den Chef vom Imperium. Du weißt schon: *Star Wars – Das Imperium schlägt zurück* – nur für ganz Arme eben. Mit Justus Bloch in der Arsch-Rolle. … Das *Arsch-Bloch* schlägt zurück!

CHEF VOM IMPERIUM

... um Punkt 17:30 Uhr tat er dieses. Auf der Polizeiwache von Lenas Vater, Herrn Senger, dem Polizeihauptkommissar eben.

Auf dem Weg zur Polizeiwache hatte ich schon so ein ganz bescheuertes Gefühl. Aber das hatte erst mal gar nichts mit dem Bloch zu tun. Das bescheuerte Gefühl kam daher, dass ich einfach keinen Bock hatte, zur Polizeiwache zu fahren. – Polizisten ausfragen. Die Polizeiwache abknipsen. Einen Bericht darüber schreiben. Für eine superschönbescheuerte PowerPoint-Präsentation. Wozu das alles? Das ist doch total bescheuert.

Aber dann bin ich eben doch zur Polizeiwache gefahren, weil ich auch noch andere Gefühle habe. Für Lena eben. Also eins jetzt. *Ein* Gefühl! Und im Grunde genommen kann ich dir nicht mal so ganz genau sagen, warum eigentlich. Es gibt einfach keine logische Erklärung dafür.

... ich glaube, es sind ihre Grübchen, wenn sie lacht. Die sind total süß.

... oder die Nase, die ist auch ... *sehr* süß.

... und die Augen erst! Die sind ebenfalls ... *süß* ...

... was eine extreme Untertreibung ist, weil – Kumpel – ich sag dir: Lenas Augen sind der absolute Hammer! Blau sind die. Wie der Himmel über Hamburg an einem sonnigen Nachmittag im Mai. ... oder wie unsere Mülltüten für Restmüll. Die haben die gleiche Farbe.

Aber was ich eigentlich sagen wollte, war, dass ich unterschiedliche Gefühle habe, und wegen einem ganz speziellen bin ich dann eben doch zur Polizeiwache gefahren. – Ich wollte Lena Senger wiedersehen. Unbedingt wollte ich das. Besonders nach diesem Katastrophentreffen bei ihr zu Hause. Ich wollte es wiedergutmachen und bin hingefahren. Mit einem Geschenk im Rucksack. Einem Nachthemd mit *Minnie Maus* drauf. Das wollte ich ihr schenken. Vor den Augen von Polizeihauptkommissar Senger, Lenas Vater. – Bei Vätern Punkte zu machen ist vielleicht noch wichtiger als bei den Müttern. Weil ein Vater denkt im Allgemeinen immer noch einen Schritt weiter und guckt, ob der Typ, der seine Tochter gut findet, auch als Schwiegersohn taugt.

Vor den Augen von Lenas Vater also würde ich das Nachthemd cool aus dem Rucksack ziehen und ihr dann überreichen. – »Hier, für dich, Lena! Hab ich grad noch mal schnell in der Stadt besorgt.«

... was dann auch nur ein *kleines bisschen* gelogen gewesen wäre, weil das Nachthemd gehört eigentlich meiner großen Schwester Hannah. Ich hatte es aus ihrem Wäscheschrank gefischt.

Hannah war grad nicht zu Hause und das war auch ganz gut, dass sie es nicht war, weil wenn sie mich dabei erwischt hätte, als ich die Schiebetür von ihrem Wäscheschrank mit langen Fingern aufschoben habe, hätte sie die Schiebetür von ihrem Wäscheschrank ganz sicher wieder voll zugeschoben. Voll Speed mit meinen langen Fingern drin. Ganz sicher das! – In Sachen Wäscheschrank versteht Hannah keinen Spaß.

... im Grunde genommen versteht Hannah überhaupt keinen Spaß. Weil sie ja auch gar nichts verstehen kann. Weil sie innen drinnen hohl ist. Aber amtlich und dauerhaft. – Das sehen meine Eltern natürlich etwas anders. *Die* sehen das immer so, dass wir *beide* irgendwie nicht ganz dicht sind. Also wenn Hannah beispielsweise im Begriff ist, mir den Kopf abzureißen, und das *nur*, weil ich gleichzeitig versuche, ihren Arm durchzubeißen.

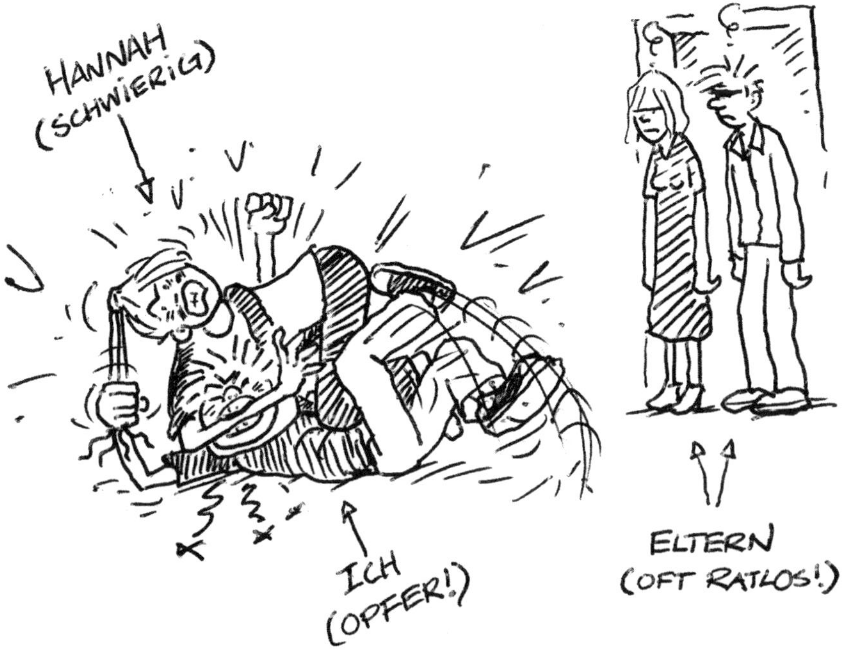

Aber das wollte ich eigentlich alles gar nicht erzählen. Erzählen wollte ich eigentlich nur, dass ich nun ein passendes Geschenk für Lena hatte, mit dem ich dann voller Gefühle zur Polizeiwache gefahren bin. Fast superpünktlich bin ich da aufgeschlagen. Nur *zwei* Minuten zu spät.

Lena, Nadine und der Bloch standen da natürlich schon vorm Eingang rum.

»Ah! ***Janny!*** Auch schon da!«, begrüßte mich der Bloch dann doof.

Da habe ich dann aber gar nicht drauf reagiert und dann nur noch gedacht, dass der Bloch gleich ganz schön doof aus der Wäsche gucken wird, wenn ich Lena das Nachthemd schenken werde. Im Beisein von Herrn Senger ... meinem zukünftigen *Schwiegervater.*

Und der erwartete uns auch schon, als wir die Polizeiwache betraten.

»Hallo Lenchen, mein Engel!«, begrüßte er seine Tochter. Nett irgendwie, aber auch ein bisschen streng. – Also die Stimme von ihm. Mit der Stimme würde er vermutlich auch Terroristen klarmachen, dass es besser wäre, *jetzt* die Waffen fallen zu lassen, bevor er sie über den Haufen ballert. – *Das* habe ich dann gedacht und deswegen habe ich auch nicht gleich das Nachthemd aus dem Rucksack gezogen, um es seinem *Lenchen* zu schenken.

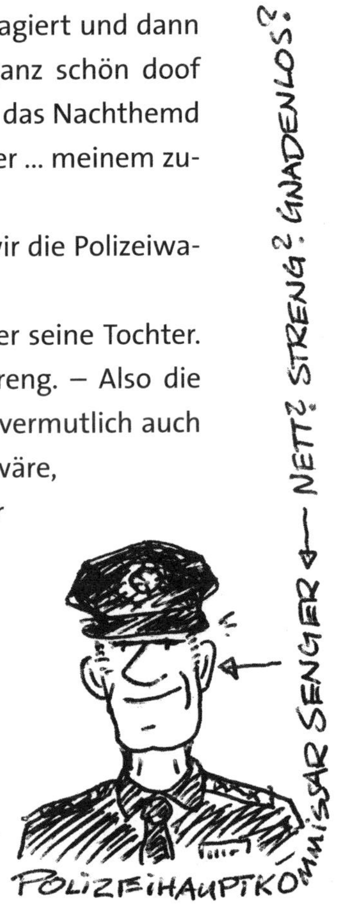

›Besser erst mal abwarten. Gucken, wie der so drauf ist‹, entschied ich clever und reichte ihm clever die Hand.

»Guten Tag, Herr Senger. Ich bin Jan Hensen, der Schulkamerad ihres Engels ... äh ... ***Tochter***!«, stellte ich mich ihm superhöflich vor. Punktetechnisch war das schon mal ein guter Anfang.

Das hat dann anscheinend auch der Bloch gepeilt, der dem Herrn Senger ebenfalls die Hand reichen wollte. Aber da konnte der Trottel auch nur noch ins Leere greifen, weil der Herr Senger schon vorangegangen war.

»Also dann man los, Kinners! Rein in die gute Stube!«, befahl er.

Er führte uns durch *die gute Stube*, stellte uns noch andere Polizisten vor und wir stellten abwechselnd unsere Fragen.

… das heißt: Justus, Lena und Nadine stellten sie. *Ich* nicht, weil mir einfach keine Fragen einfielen, zu denen ich nicht eh schon Antworten hatte.

›Man kommt hier rein – und erst mal nicht wieder raus. Unter normalen Umständen ist das so. … wenn man Scheiße gebaut hat‹, überlegte ich und ging in Gedanken die verschiedenen Haufen Scheiße durch, die ich schon extrem *polizeiamtlich* gebaut hatte.

Und dann wurde ich gedanklich unterbrochen, weil Müller, die Kuh, mich plötzlich von der Seite anquatschte: »Sag mal, Hensen, willst du dir eigentlich keine Notizen machen? Du bist der Protokollführer!«

»Äh … nicht nötig! Das hab ich alles im Kopf. Rufe ich später einfach ab und schreib's dann runter«, log ich.

Da standen wir gerade im Keller vor einer Stahltür mit Scheibe drin und Polizeihauptkommissar Senger erklärte uns: »… und hierhinter befindet sich unsere *Ausnüchterungszelle.*«

»Eine schöne ***Zelle*** für die blauen ***Fälle***«, reimte Bloch wieder bescheuert los, worauf der Herr Senger schmunzelte: »Ganz genau so ist das, junger Mann. Nur heute ist sie leer.«

Sagte es schmunzelnd und schob den schweren Riegel der Stahltür hoch und öffnete sie.

Dann klingelte sein Handy. Polizeihauptkommissar Senger ging ran und meinte dann kurz darauf zu uns: »Ich muss mal eben zur Zentrale hoch. Guckt euch die Zelle ruhig an und dann kommt ihr nach, verstanden?!«

»Verstanden, Papi!«, antwortete Lena und ging rein in die Zelle. Gefolgt von Nadine, Justus und mir.

Ich sag dir, Kumpel, da kriegte ich auf einmal wieder eins von meinen Gefühlen. Ein ganz beklemmendes diesmal. Schon sehr oft hatte ich mir vorgestellt, in so einer Zelle rumhocken zu müssen ... nach dem ein oder anderen Haufen jeweils, den ich – wie gesagt – schon mal hier und da *aus Versehen* gebaut hatte.

Kalt war die Zelle, mit Kacheln bis zur Decke hoch, komplett gefliest der Boden. Selbst die Bank. Und mit einem Klo aus Stahl in der Ecke.

»Wie krank ist *das* denn?!«, meinte ich zu dem Ding ohne Schüssel.

Nadine stellte sich neben mich und drückte auf die handgroße Stahltaste vor uns. Worauf dann in dem Stahlding das Wasser durchrauschte.

»Na ja«, meinte sie. »Immerhin gibt es hier Wasser. Ich hab da mal von einem Fall in Amerika gehört, da haben sie jemanden aus Versehen eingesperrt. Fünf Tage lang. *Ohne* Wasser! Die haben den da einfach vergessen. Dieser Typ hat dann irgendwann angefangen, seinen eigenen Urin zu trinken ...«

»Igiiiiitt, wie superekeliiiig ist das dääännnn!«, sagte Lena total angewidert.

»... aber auch nicht doof. Hätte er es nicht getan, wäre er verdurstet«, meinte Nadine noch mal.

»Leute, mir reicht's hier. Ich geh hoch«, sagte Lena da, verließ die Zelle und lief dann auch schon den langen Flur runter Richtung Treppe.

»Warte, ich komm mit«, rief Nadine und dackelte ihr hinterher.

»Ich auch!«, hörte ich dann auch den Bloch sagen.

Und dann wollte ich natürlich auch raus und drehte mich zur Tür rum, die ...

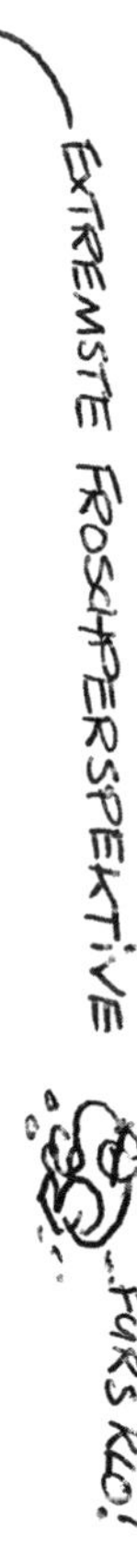

... dann im nächsten Moment ins Schloss fiel. *Vor* meiner Nase!

Durch die Scheibe der Stahltür sah ich gerade noch, wie Justus Bloch irgendetwas herunterdrückte. – den Riegel der Stahltür nämlich. – ***Tschack!***

»Das ist nicht w...«, wollte ich dann zu ihm durch die verriegelte Stahltür sagen, dass ich das ***nicht witzig*** finde, da grinst er mich plötzlich an – verschlagen und böse – und geht weg.

»***NICHT* WITZIG, BLOCH! KOMM ZURÜCK!**«, brülle ich los und hämmere gegen die dicke Scheibe von der Stahltür.

... Bloch kam nicht zurück! Niemand kam zurück! Ich stand da in meiner Zelle, bollerte wie ein Geisteskranker gegen die Stahltür, und weil dann aber auch nach schätzungsweise 20 Minuten wirklich *niemand* zurückkam, hockte ich mich auf die Bank. Ich musste an Nadines Geschichte von dem Typen aus Amerika denken und hatte auf einmal schrecklichen Durst.

›Immerhin werde ich nicht verdursten!‹, versuchte ich mich dann selbst zu beruhigen und glotzte auf das Stahlklo in der gegenüberliegenden Ecke ... untröstlich.

›... und ich werde verhungern! Ganz sicher werde ich das. Spätestens in einer Viertelstunde oder so‹, dachte ich dann untröstlich weiter und *noch* weiter: ›... und erfrieren werde ich auch. Erst verdursten, dann verhungern, dann erfrieren!‹

Und weil es wirklich echt ziemlich kühl war da in meiner Zelle, packte ich meinen Rucksack aus, um zu gucken, ob irgendwas Brauchbares darin wäre, was ich mir überziehen konnte.

War es! – Das rosa Minnie-Maus-Nachthemd meiner Schwester. Und da überlegte ich im ersten Moment noch, was eigentlich schrecklicher ist: verdursten oder erfrieren ...

... und zog das Nachthemd dann aber über, weil mir wirklich echt kalt war. Ich zog es über, kauerte mich wieder extrem untröstlich auf meine Bank, glotzte *extremst* untröstlich das Klo an und da ...

… flog die Tür auf. – Herr Senger stand darin. Und hinter ihm Lena, Nadine und der Bloch! Und *die* lagen dann im nächsten Moment am Boden vor Lachen, als sie mich da sitzen sahen … in meinem Nachthemd.

»Wie konnte das denn passieren?«, fragt der Senger streng und sein Lenchen prustet: »Wir dachten, du bist auf der Toilette oder so. … ***prust!***«

»Mi-Mi-Minnie Ma…hahahaha-hihihihihih… …hhhhhhh… … … …h«, kriegt die bescheuerte Müller kaum noch Luft vor Vergnügen.

Und der Bloch grinst: »Wie gut, dass ich noch mal vorgeschlagen habe, hier unten nachzuschauen.«

Und da war's dann aus! *Nichts* fiel mir mehr ein, was ich darauf noch hätte sagen können. Komplett *sprachlos* also stampfe ich auf Bloch zu, um ihm ein paar aufs Maul zu hauen, und dann komme ich aber gar nicht mehr dazu, ihm ein paar aufs Maul zu hauen, weil ich auf dem Weg zu ihm in dem Nachthemd hängen bleibe und im nächsten Moment auf der Nase liege.

Lena, Nadine und ganz besonders der Bloch bogen sich vor Lachen …

… und weil aber so Typen wie der strenge Polizeihauptkommissar Senger zum Lachen eigentlich immer nur in den Keller gehen …

… bog der sich auch vor Lachen. Schließlich waren wir ja in einem. Einem Keller eben.

… wie spaßig!

Und weil ich wirklich der *Letzte* bin, der keinen Spaß versteht, habe ich dann eben auch gelacht, weil …

… wer zuletzt lacht, lacht am besten!

… ich mach dich fertig, Arsch-Bloch!

Eintrag 6 – Dienstag, 11:33 Uhr

Fürs Protokoll: Heute Morgen war die zweite Teamgruppenbesprechung und auf dieser verkündete der Gruppenleiter Gero Präbläblalinsky, dass am Ende der Projektwoche auf das Team mit der originellsten Arbeit eine coole Überraschung warten würde ...

... und wenn Gero mich heute Morgen persönlich gefragt hätte, ob ich scharf auf diese *coole Überraschung* sein würde, hätte ich ihm ganz klar geantwortet: *Nein, Günther! Bin ich nicht! Die kannst du behalten und dir zu Hause aufs Klo stellen. Als Andenken an deine Referendarzeit.*

Im letzten Jahr wartete nämlich die *coole Überraschung* in Form von USB-Sticks auf das Gewinnerteam. – Mann, haben die sich gefreut.

Und in dem Jahr davor gab's für jeden Gewinner eine Kaffeetasse mit Lateinspruch drauf. *Carpe diem! – Nutze den Tag!* ... was ich persönlich wörtlich genommen hätte und die Kaffeetasse gleich morgens als Erstes in die Tonne gehauen hätte.

Alles in allem: Es reichen locker zwei Finger, an denen man sich abzählen kann, in welcher Form die *coole Überraschung* in diesem Jahr auf einen lauert.

Vom Prinzip her hätte Gero auch *jeden* heute Morgen fragen können, ob er scharf auf die *coole Überraschung* sei, da hätte er prinzipiell von jedem *dieselbe* Antwort gekriegt: *Nein, Günther! Wirklich nicht! Kapier's endlich! Behalt den Kram!*

Jeden hätte er fragen können ... bis auf drei Leute! Meine Teamkollegen nämlich! Ausgerechnet! Lena, Nadine und der Bloch sind ganz heiß drauf, den ersten Platz zu machen. Was blöd ist, weil ich nun mal Teamkollege Nummer vier bin, und das heißt ganz klar, dass die mich mit reinreißen. ... also in einen Haufen Arbeit eben, *da* werden sie mich mit reinreißen. Sicher das.

Als Gero nämlich fertig war mit *Verkünden,* da waren meine Teamkollegen ganz aufgeregt und rutschten total albern auf ihren Stühlen rum vor lauter Aufregung.

Und Lena flüstert dann auch noch ganz aufgeregt in die Runde: »Ich denke, die originellste Arbeit, die machen *wir.* Mit unserer superschönen PowerPoint-Präsentation.«

›*Ich* denke, dass PowerPoint-Präsentationen fürs Klo sind!‹, denke ich dazu.

Und dann denke ich aber auch noch, dass ich das irgendwie auch ganz gut finde, wenn Paare nicht immer hundertprozentig gleich ticken. Also Lena und ich, wenn wir demnächst ein Paar sein werden – da finde ich es vorteilhaft, wenn wir nicht bei jedem Furz dasselbe denken. Öde wäre das.

Allein die Vorstellung: Ich sitz mit Lena abends beispielsweise auf einer Parkbank – Hand in Hand oder so – und dann verglüht über uns gerade eine Sternschnuppe und ich denk: ›Wow! Eine Sternschnuppe! Ein *Meteorit,* der Millionen von Lichtjahren durchs Weltall raste. Durch Galaxien, die nie ein Mensch zuvor gesehen hat. Vorbei an fremden Welten mit unbekannten Lebensformen drauf. Und eine von diesen unbekannten Lebensformen hat vielleicht eines Abends exakt denselben Meteoriten gesehen. Vielleicht saß sie dabei auch auf einer Parkbank. Neben einer anderen unbekannten Lebensform.‹

Das denke ich dann alles da auf der Parkbank neben Lena sitzend – Hand in Hand oder so – und dann will ich auch sagen, was ich grad alles gedacht hab, und dann sagt Lena aber: »Ja, ich weiß!«

Das wäre doch total öde. Da könnte man sich doch gar nicht mehr vernünftig unterhalten.

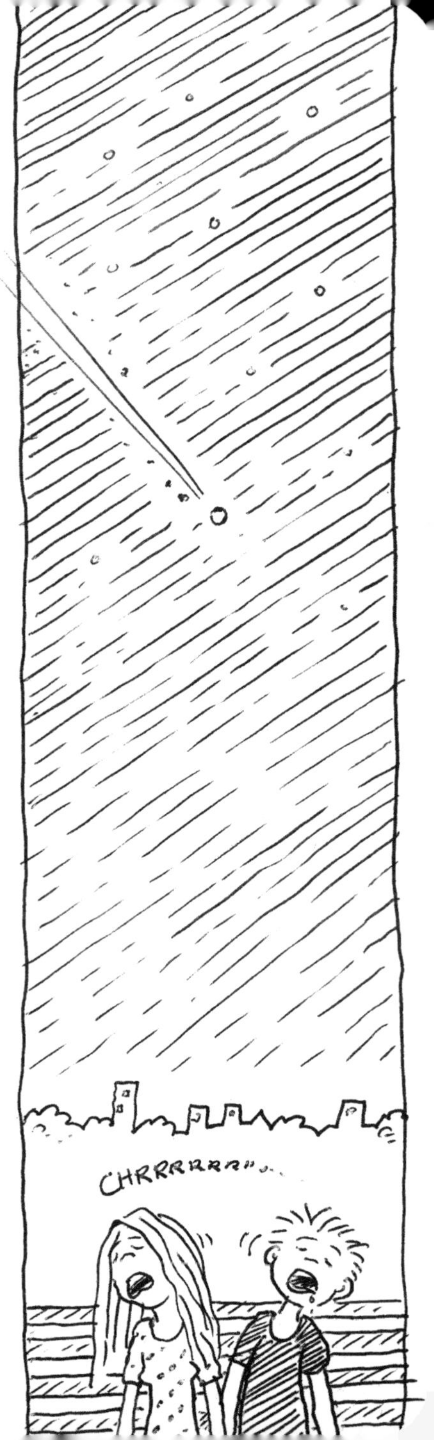

Und deswegen fand ich das irgendwie auch ganz gut, dass Lena da komplett anders über *originelle Arbeiten* denkt als ich.

Hampelmann Gero fragte dann noch, wie weit wir mit unseren *coolen* Ideen denn schon vorangekommen sind.

Worauf dann zum Beispiel das Team von Marie, Clara, Hanna und Jonas antwortete, dass sie mit ihrem Pappmaché-Projekt prima vorankommen würden. – Das Rathaus würde schon stehen.

Das musst du dir mal vorstellen: Die haben tatsächlich vor, die komplette Hamburger Innenstadt aus Pappmaché nachzubasteln. Das ist doch krank!

»TOLL!«, rief dann aber der Gero ernsthaft begeistert und hampelte dabei auf das nächste Team zu. Nämlich das von meinen Kumpels, und Cemal legte dann wieder seinen Dönergang ein: »Äy, unser Idee läuft voll toll geil, ... Günther.«

»Praktisch wie von selbst!«, ergänzt Gerrit.

»Ich heiße ...«, sagt Gero.

»... Günther?«, fragt Kumpel Sebastian dann aber. »Können wir schon gehen?«

»Äh ... nein ... wieso?«, fragt Gero nach.

»Uns läuft ein wenig die Zeit davon«, antwortet ihm der kleine Hendrik schlau. »Unser Stadtparkprojekt erfordert unsere höchste Konzentration.«

›Na super!‹, denke ich da wieder ein bisschen neidisch. ›*Höchst konzentriert* im Stadtpark abhängen.‹

Und dann gucke ich im nächsten Moment voll neidisch meinen Kumpels hinterher, wie sie aus dem Klassenraum stürmen, weil Gero es ihnen tatsächlich erlaubt hatte.

›Unfassbar!‹, denke ich noch, aber da höre ich auf einmal den Bloch neben mir sagen: »Unser Projekt läuft ebenfalls großartig an. – Wir waren gestern auf der Polizeiwache. Das war sehr *aufschlussreich*.«

Sagt es, grinst dann so doof zu mir rüber und da weiß ich ganz genau, was er denkt, und die Müller anscheinend auch, weil die lacht dann wieder kurz auf. Also mit Mund zu und diesem knarzenden Rachen-Geräusch, wofür es keine vernünftigen Buchstaben gibt.

Und als Gero dann auch noch mal extrem interessiert nachfragt, was denn so aufschlussreich gewesen sei, laufe ich voll rosa an wie ein Minnie-Maus-Nachthemd, und dann sagt Lena aber plötzlich: »Ach, nicht so wichtig! Heute machen wir übrigens unsere Betriebsbesichtigung bei Nadines Eltern. Die haben einen Familienbetrieb.«

Kumpel, ich sag dir, vor Dankbarkeit hätte ich Lena um den Hals fallen können. Sie hatte das Thema extra gewechselt. Für mich tat sie es. Um mich zu retten.

... was das übrigens für ein Familienbetrieb ist, den die Müllers da haben, kann ich dir noch nicht so genau sagen. Da wollte Nadine noch nicht so recht mit der Sprache rausrücken, als Gero da noch mal voll-neugierig-super-interessiert nachfragte.

»Wir arbeiten mit Menschen!«, grinste sie nur ein bisschen geheimnisvoll.

»Voll spannend!«, grinste auch Lena, die als Nadines Chef-freundin wahrscheinlich Bescheid wusste.

Aber diesmal war ich nicht der Einzige, der nicht ganz im Bilde war, weil der Bloch dann auch genauso doof und fragend zu den beiden rüberguckte.

Wie auch immer: Gleich um zwei ist Treffen bei den Müllers.

... und jetzt, mein Freund, ist aber erst mal ein komplett anderes Treffen angesagt: *Jan Hensen vs. Pizzablitz.* – Der steht nämlich gerade klingelnderweise mit vier Pizzen vor unserer Wohnungstür rum. Die hatte meine Mutter geordert. Ausnahmsweise. Weil eigentlich kocht meine Mutter immer selbst. Nur seit gestern nicht mehr. Weil sie irgendwie voll im Stress ist mit ihrer Arbeit im Museum, da kann sie nicht mehr für uns kochen. Was ich irgendwie aber auch total geil finde, dass meine Mutter voll im Stress ist, weil ... eigentlich kann sie *gar nicht* kochen!

PROTOKOLLEINTRAG
ENDE

PS: Justus Bloch – ich habe dich nicht vergessen!!!

Eintrag 7 – Dienstag, 18:55 Uhr

Löst du eigentlich gerne Rätsel?

Für den Fall, dass *ja* – dann hätte ich jetzt eins für dich: Rate, was die Müllers für einen Familienbetrieb haben!

Da kommst du *im Leben* nicht drauf! – Wenn du so willst, wäre das auch schon der Tipp, den ich dir geben kann: *im Leben nicht!*

Und jetzt ist es eigentlich auch schon total leicht, weil – richtig, mein emsiger Rätselfreund: Die Müllers haben ein Bestattungsunternehmen! Bei sich zu Hause! Kein Scheiß! Ehrlich!

Total abgefahren, der Laden! – Kann ich dir jetzt alles ganz genau sagen, wie das da läuft bei den Müllers. Ich komm nämlich gerade von denen ...

... *fünf Minuten vor der Zeit* stand ich bei den Müllers auf der Matte und dann hat Nadine mir selbst die Tür aufgemacht und mich mit den Worten *Du bist zu früh!* begrüßt und ist dann einfach wieder ins Haus verschwunden.

Da hatte ich ja eigentlich schon keinen Bock mehr, hinterherzustiefeln, hab's dann aber natürlich doch getan, weil ich dachte, dass Lena ja vielleicht auch schon da wäre.

Ich folge Nadine also in die Küche und Lena war dann aber doch noch gar nicht da. Und von Bloch auch noch keine Spur.

Nadine zeigt auf einen Stuhl und knallt eine Flasche Fanta für mich auf den Tisch.

»Aber hier wird nicht gekleckert, klar?!«, grinst sie mich so doof dabei an und da sag ich dann aber nur »Pfff!« drauf und nehme halb verdurstet einen ordentlichen Schluck aus der Pulle, den ich ...

... im nächsten Moment ordentlich auspruste. Voll über den Tisch. Voll aus Versehen! Weil ich mich erschrocken hab. Weil in dem Moment, als ich die Fantaflasche an den Hals setze, latschen da zwei Männer mit einem Sarg stumm durch die Küche.

Und als wäre das das Normalste der Welt, wenn zwei Männer mit Sarg stumm durch eine Küche latschen, pflaumt Nadine mich an: »Och, Mensch, Hensen, das nervt!«, holt die Küchenrolle und wischt den Tisch wieder sauber.

»Was war das?«, frage ich echt baff.

»Was war *was*?«, fragt Nadine.

»Na *das* eben! Der *Sarg*!«

»Ach so! Das war Opa!«

»Das tut mir leid!«

»Ja, er kann echt nerven.«

»... ?¿?¿? .... er ist ***tot***, Nadine!«

»Na ja! *So* tot auch wieder nicht! Der ist noch ganz gut zu Fuß und kann immerhin noch mit meinem Pa die Särge schleppen.«

»... ah! ...?¿? ... und wer war dann im Sarg, wenn nicht dein Opa?«

»Der war natürlich leer, Mann! Der ist neu!«

Und weil ich da natürlich immer noch klassisch verpeilt aus der Wäsche gucke, klärt Nadine mich mit dem Familienbetrieb der Müllers auf, und dass das eben ein Bestattungsunternehmen ist.

»Hab ja gesagt: *Wir arbeiten mit Menschen*«, grinst sie mich noch mal an.

Und dann ging sie raus aus der Küche, weil es geklingelt hat, und kam kurz darauf mit Lena zurück ... und dem Bloch auch. Die beiden waren zusammen gekommen. Was mir einen kleinen Stich versetzt und der Bloch mich dann auch noch so dämlich angrinst, als könnte er meine Gedanken lesen.

Da will ich mir aber nichts anmerken lassen und sage zu Lena: »Die Müllers haben hier ein Bestattungsunternehmen. Echt abgefahren, oder?«

»Ja, ich weiß!«, grinst Lena mich an und da muss ich kurz an unser *Parkbank-Gespräch* von heute Morgen denken und dann ...

... fällt dem Bloch aber im selben Moment sein eigenes Gegrinse voll aus dem Gesicht und er stottert doof und leichenblass: »Ein B...B...B...B...Bestattungsunternehmen?«

Bloch hatte Schiss! Das merkte man. – Was man ja auch irgendwie verstehen kann, wenn jemand Schiss hat vor toten Menschen. – Ich persönlich hab da jetzt nicht so das ganz große Problem mit. Hat vielleicht damit zu tun, dass ich schon mal was mit einem Toten zu tun hatte. … also *so* tot war der dann aber noch gar nicht und …

… ist jetzt aber auch wirklich ein komplett anderes, *echt krankes* Thema!

Fakt ist: Ich hab seitdem nicht mehr das ganz große Problem mit Leuten, die tot sind … oder sein sollten!

Der *Bloch* aber. Voll Schiss hatte der und wollte es sich dann aber auf gar keinen Fall anmerken lassen, dass er voll Schiss hatte. Nicht vor den *Mädels*. Und schon gar nicht vor mir.

»Ah! … ähm … intere…rere…ssant!«, stammelte er sich einen zusammen.

»Okay, dann man los! Ab in den Keller!«, sagte Nadine dann und ging fröhlich voran.

»In den K…«, wiederholte Bloch unvollständig doof und voll weiß im Gesicht.

»Alles klar, *Blochi*?«, frage ich ihn da noch mal, als wir die Treppe zum Keller runtergehen.

Worauf er aber gar nicht mehr antwortet. – Blochi hatte *echt* Schiss!

Unten begrüßten uns die beiden Männer, die ich schon aus der Küche kannte. – Nadines *Pa* und ihr quicklebendiger Großvater. Die waren grad damit beschäftigt, den leeren Sarg in ein Regal reinzuhieven.

»Da ist ein *echt* ***toter Mensch*** drin!«, flüstere ich dem Bloch von hinten ins Ohr.

Bloch sagte nichts. Er stand da wie ein Roboter, der eine Sache super draufhat: Umfallen!

Und dann taumelte er aber nur robotermäßig hinter uns her, als Nadines Vater uns durch seinen Betrieb führte ... also durch den Keller eben ... sein *Totenreich*!

Tote hat er uns aber nicht gezeigt.

»Das kann ich leider nicht machen, mein Junge. Hat was mit *Würde* zu tun«, antwortete Herr Müller mir, als ich danach noch mal *extra* gefragt hab.

»Aber ich kann dir verraten, dass sie genau dort drin sind. Vier Unfallopfer. *Amtlich* tot!«, sagte Nadine da noch mal zu mir und zeigte grinsend auf einen schmalen Ikea-Blechschrank in der Ecke.

Das war echt witzig und auch der alte Müller musste laut lachen, als er just in dem Moment den Schrank aufriss.

»Ungck!«, machte der Bloch neben mir irgendein extrem angespanntes Geräusch und dann noch ein erleichtertes **Pffffffffffff** hinterher, als er sah, dass in dem Blechschrank *natürlich* keine Leichen drin sind, sondern nur ein Putzeimer und Besen und so was.

Der alte Müller nahm sich den Besen und ging damit nach oben. Und ich ihm hinterher, weil ich mal aufs Klo musste.

Und als ich wenig später die Treppe wieder runterging, entdeckte ich einen Lichtschalter am Ende der Treppe ...

... und knipste ihn nach unten! – Vollkommene Dunkelheit – *endgültige* Finsternis!

»Mist!«, höre ich Herrn Müller genervt in die Finsternis knurren. »Opa hat oben wieder das Licht ausgemacht.«

Und: **»Opa! Mach das Licht wieder an! Sofort!«**, höre ich Nadine dann brüllen.

Und: »Hihihihihi ... wie gruselig!«, höre ich Lena auch noch mal ein bisschen albern in die unendliche Finsternis kichern.

Und ... Justus? – Den höre ich nur schwer atmen! Immer lauter und lauter.

Was logisch ist, weil ich ihm auch immer *näher* und *näher* komme. Den Weg zu ihm hatte ich mir ganz genau eingeprägt, bevor ich das Licht ausgeknipst hab. – Exakt zehn Schritte schnurgeradeaus.

Und nach Schritt *elf* stehe ich dann aber auch exakt hinter ihm, greife ihm voll kalt in die Schulter und puste ihm ins Ohr: »Buh!«

... quiekt Bloch wie ein angeschossenes Meerschweinchen los und rennt weg.

In welche Richtung, weiß ich erst nicht, weil es ja auch so schrecklich dunkel war. Und dann weiß ich's aber doch, weil es dann nämlich auf einmal ***KLONK!*** macht. Was exakt so klingt, wie wenn man mit seiner Birne voll in einen Ikea-Blechschrank reinbrettert.

Und dann sehe ich auch, dass der arme Justus mit seiner Birne da voll reingebrettert ist, weil dann ja auch das Licht wieder angeht.

»**Tut mir leid! Bin wohl aus Versehen an den Schalter gekommen!**«, brüllt Opa Müller von oben in den Keller. ... *unschuldig*, wie ich zu sagen wüsste! Der Schalter *oben* war nicht das Problem.

»... ich weiß auch nicht. Bin wohl gestochen worden. Von einer Wespe oder so«, erklärt Justus Bloch uns wenig später, nachdem er auf die Couch in Müllers Wohnzimmer gesetzt wurde.

»Eine Wespe?! In *meinem* Keller?! Undenkbar!«, meint Herr Müller.

»Vielleicht hat der arme Justus sich aber auch einfach nur erschreckt, weil ich von der Toilette zurück in den dunklen Keller bin und ich ihn *aus Versehen ganz leicht* an der Schulter berührt habe«, trage ich dann zur Aufklärung des *Unfalls* bei.

Da guckt der *arme* Justus mich an, als hätte ich ihm grad einen Vorschlaghammer volles Pfund auf den kleinen Zeh oder sonst wohin gehauen. Extrem überrascht also.

»Buh!«, puste ich ihm da ins Gesicht. Aber ohne Stimme diesmal. Nur für ihn. Zum Lippenlesen.

Bloch las und hätte platzen können vor Wut. Aber da hatte er sich doch noch ein wenig im Griff und presst nur voll angespannt heraus: »Totaler Quatsch! Ich wurde von einer Wespe gestochen. Und damit *basta*!«

»Pfff ... eine Wespe! In *meinem* Keller! ... undenkbar!«, stellt Nadines Pa noch mal klar und geht dann aber raus. Zusammen mit Opa Müller.

»Wo denn? Zeig mal!«, fordert Nadine Justus dann auf, uns seinen geheimnisvollen Wespenstich zu zeigen.

Und weil es da aber logischerweise nix zu zeigen gibt, sagt Bloch clever: »Am Po irgendwo! Wollt ihr das wirklich sehen?«

Nein! Niemand wollte Blochs Hinterteil nackt sehen. Nicht mal ich! Und damit war die Geschichte komplett vom Tisch. Bloch wechselte dann auch schnell das Thema und fragt in die Runde: »Wo machen wir eigentlich morgen unsere Betriebsbesichtigung?«

»Bei Jannys Mutter. Im Museum«, antwortet Lena ihm.

»Das hatten wir aber gestern schon alles besprochen«, sagt Nadine leicht angenervt und zu mir dann noch mal: »Hast du mit deiner Mutter gesprochen? Macht sie für uns die Führung im Museum?«

Da gucke ich sie erst superblöd an, weil ich voll nicht auf dem Plan habe, was *wir* gestern alles besprochen hatten, und sage aber: »Ja klar! Schon längst! Kein Thema!«

»Gut, gut, Hensen!«, lobt die Müller mich blöd und schiebt dann noch mal hinterher: »Wie sieht's eigentlich mit dem Protokoll aus?«

›Finster!‹, denke ich und lüge schlau: »Äh… … gut sieht's aus. Alles supi! Hab's gestern noch mal alles auf mein Laptop übertragen.«

»Was für eins?«, fragt Bloch dann doof.

»Wie – *was für eins*?«, wiederhole ich.

Und Bloch dann wieder: »*Was* für ein *Laptop*, Mann?! *Samsung, Acer, Apple* ...«

»Apple!«, antworte ich.

»*MacBook Air* oder *MacBook Pro*? Ich hab das *MacBook Air*. Das ist etwas billiger, aber ...«

»MacBook Pro!«

Da guckt er erst ganz erstaunt und grinst dann aber wieder so total doof überheblich: »Ah ja! ***Du*** hast ein *MacBook Pro*! Respekt, Respekt! Kannst du mir ja morgen mal zeigen, ***dein*** *MacBook Pro*!«

»Geht nicht!«, sag ich. »Steht bei mir zu Hause. Darf ich auch gar nicht mit zur Schule bringen. Weil es eben so teuer war, ***mein*** *MacBook Pro*!«

»Ist ja kein Problem! Wir sind ja morgen eh bei dir«, sagt er darauf – total doof überheblich dauergrinsend.

»Wieso sind wir morgen eh bei mir?«, frage ich da blöd nach.

»Mein Gott, **Hensen**!«, mault Müllers Kuh mich an. »Weil wir das so besprochen hatten! *Teamtreffen abwechselnd bei jedem zu Hause!* – Alles muss man dreimal sagen!«

»Weißt du das denn nicht mehr, Janny?«, fragt Lena supersüß nach.

»Öh! ... ja klar weiß ich das noch«, weiß ich von nichts.

Und dann war dieses Supergespräch aber auch schon wieder vorbei und wir sind alle rauf auf Nadines Zimmer und haben angefangen, an ihrem Rechner diese öde PowerPoint-Präsentation zusammenzufummeln. Also Fotos reingestellt mit Schatten drunter und so was ... vorläufig noch ohne Text. ... den muss ich dann noch nachliefern. Also das Protokoll eben, aus dem die Kommentartexte zusammengebastelt werden sollen. ... was ein echtes Problem werden könnte, weil es noch kein Protokoll gibt.

... was aber ein Witz ist im Vergleich zu dem Problem, was ich *jetzt* habe. – *Kein* Laptop nämlich! Jedenfalls nicht von *Apple*. Und schon gar kein *MacBook Pro*! Nicht mal *irgendetwas* Vergleichbares. *Mein* Laptop ist vergleichbar mit einer alten Pizzaschachtel. Genauso klobig und in etwa auch mit der Rechenleistung einer Pizzaschachtel. – *Das* ist das Problem! Und daran ist nur der Bloch schuld, weil er mich provoziert hat!

... und meine Eltern! Weil ich durch sie gezwungen war zu lügen!

... weil ich durch sie gezwungen bin, in der Steinzeit zu leben!

... weil sie mich nicht lieben! *Mich!* Ihren eigenen und *einzigen* Sohn! Das weiß ich! Seit ein paar Wochen weiß ich es. Seit meinem 13. Geburtstag.

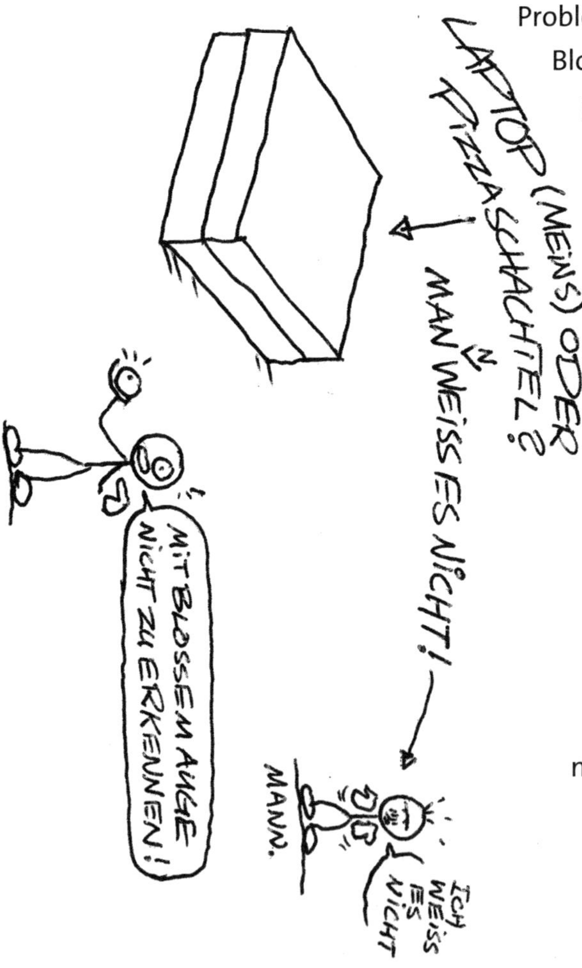

Weil ich *vor* meinem 13. Geburtstag zu meinen Eltern gesagt habe: »Vater! Mutter! Ich werde bald 13!«

Worauf Vater und Mutter gesagt haben: »Sohn! Das ist uns bekannt!«

Und ich dann darauf: »Gut! Ich will ein iPad! Wenn ich es *nicht* kriege, muss ich denken, dass ihr mich nicht mehr lieb habt.«

So! Und was hab ich gekriegt vor ein paar Wochen zu meinem 13. Geburtstag?

Sehr richtig: *kein* iPad!

Und da könntest *du* jetzt sagen: »Da übertreibt der Jan doch bestimmt ein wenig! Nur weil seine Eltern ihm zum Geburtstag kein iPad schenken, muss das ja wohl noch lange nicht heißen, dass sie ihn nicht lieb haben.

Worauf ich dann sagen müsste: »Recht hast du! Ich denke auch nicht, dass meine Eltern mich nicht lieb haben. Ich denke, dass sie mich *hassen*!«

Ansonsten hätten sie mir ja wohl kaum an meinem Geburtstag vor ein paar Wochen dieses ... ***Ding*** in die Hand gedrückt. Ein namenloses Stück Plastik, von dem mein Vater dann auch noch behauptet hat, dass es ein iPad wäre.

»Ist es nicht!«, habe ich darauf gesagt.

»Aber es ist ein Tablett-Rechner. So einen wolltest du!«, hat mein Vater dann gesagt.

»Erstens: Es ist Englisch und heißt *Täblät*, und zweitens: Nein, ich wollte nicht! Ich wollte ein iPad!«, sag ich dann wieder.

»Es ist genauso gut wie ein iPad. Nur billiger«, sagt mein Vater wieder.

»Es ist billig und kann nichts!«, sage ich.

»Du bist undankbar!«, sagt er.

»Ich bin wählerisch. Das ist ein Unterschied!«, sage ich.

Worauf meine Mutter sich einmischt: »Du hast die Wahl zwischen *diesem* **Täblät**-Rechner und ***keinem*** iPad!«

»Ich wähle …«, sag ich noch doof und dann aber gar nichts mehr, weil ich da auch schon gepeilt habe, dass meine *eigene* Mutter mir die Pistole voll auf die Brust gedrückt hat.

Daher habe ich mich dann sehr wählerisch für dieses … ***Tablet des Grauens*** entschieden.

Was ein Fehler war! – Weil hätte ich mich *dagegen* entschieden, dann würde ich jetzt in Erdkunde besser dastehen …

… was daran liegt, dass ich für mein Referat in Erdkunde eine glatte Sechs bekommen habe. Und das, obwohl ich mir diesmal echt total viel Mühe damit gegeben hatte. – Bilder aus dem Internet kopiert. … und die Texte dann auch noch! Weil da dachte ich: ›Besser könnt ich's auch nicht formulieren.‹

Mit meinem *Geburtstags-Plastik-Tablet* habe ich dann alles noch schick zusammengebastelt, bin damit in die Erdkundestunde, habe das Teil an den Beamer gefummelt und wollte gerade anfangen, das Referat schick zu präsentieren, da …

... konnte ich es dann aber gar nicht mehr präsentieren, weil mein *Geburtstagsgeschenk* sich weigerte, überhaupt noch *irgendetwas* zu präsentieren ... außer einer unendlichen Leere auf dem Plastikbildschirm.

Da haben dann alle herzlich gelacht und Herr Klarholz – mein Erdkundelehrer – auch, und als er fertig war mit Lachen, hat er mir eine *Sechs* verpasst.

... meine Eltern hätten mir genauso gut eine Schiefertafel und ein Stück Kreide schenken können. Das wäre besser gewesen. Passender irgendwie auch. War nämlich auch das Referatsthema. – *Kreidezeit!*

Steinzeit! In *der* lebe ich! Computertechnisch gesehen ist das so. Mit Mamas altem Laptop. Klobig wie eine Pizzaschachtel und schwer wie ein Stein und in etwa auch genauso alt wie einer. Null Ahnung, wie alt Steine sind, aber klar ist: Im direkten Vergleich würde so ein Stein bei Stiftung Warentest um Längen besser abschneiden als mein Laptop. Da passt einfach mehr drauf ...

... wenn man Kreide hat!

Aber ich will mich auch nicht dauernd beschweren. Weil immerhin habe ich ja auch noch einen Kuli. Und ein Notizbuch. *Dieses* Notizbuch. Garantiert absturzsicher. Kannst du gerne mal ausprobieren. – Lass es auf den Boden fallen und dann überzeug dich selbst: Alles noch da! Jedes Wort! ... ist doch toll, oder?!

Geschenkt hat mir dieses geniale Blätter-Wunderwerk übrigens meine Schwester.

... also zugeworfen hat sie's mir. Direkt an den Kopf. Weil ich ihr gesagt hatte, dass ich sie für eine ausgesprochen *hohle Frucht* halte, und weil sie da gerade keine Axt zur Hand hatte, hat sie mir eben ihr leeres Notizbuch an den Kopf geworfen. Und das hab ich dann einfach behalten. ... kann sie eh nix mit anfangen ... diese hohle Frucht!

… wo war ich eigentlich stehen geblieben? … *Kreidezeit – Steinzeit – Plastikmüll – Vater – Mutter – Bloch …*

… Bloch! Da war ich stehen geblieben. Bloch hat mich provoziert und er ist schuld daran, dass ich jetzt ein echtes Problem habe.

Und nun brauche ich eine vernünftige Lösung dafür. Bis allerspätestens morgen Nachmittag, wenn Lena, Nadine und der Bloch hierherkommen. Also zu uns nach Hause. Auf mein Zimmer – in die extrem *applefreie* Zone.

… aber da muss ich mich später irgendwie drum kümmern. *Jetzt* wird erst mal ordentlich reingehauen! … also *ernährungstechnisch*! Weil soeben höre ich, wie mein Vater zur Tür reinkommt. Mit schätzungsweise 53 Plastiktüten Essen. Vom Chinamann. Einmal die kompletten Nummern *süß-sauer* rauf und runter. **Hmmm…mjamm, mjamm, mjamm!**

Es lebe die Kunst! Und der Stress, den Kunst verursacht! Es lebe Mamas Museum!

Eintrag 8 – Mittwoch, 13:10 Uhr

Fürs *vollständige* Protokoll: ... aber erst mal nur für heute. Das von gestern und vorgestern folgt dann noch nach!!!

... also **fürs vollständige, extrem lückenlose Protokoll für Mittwoch, den 11. Juni: Heute Morgen auf der dritten Teamgruppenbesprechung unter der Gruppenleitung des Gruppenleiters Gero Preoschimansky hat dieser jener ... Welchinsky den Teams mitgeteilt, dass am kommenden Montag die Ausstellungseröffnung stattfinden wird ...**

... was ich irgendwie auch echt witzig finde. Also nicht die Ausstellung selbst natürlich. Die ist nicht witzig. Die ist sinnlos, unbedeutend, witzlos! – Aber eben doch witzig daran finde ich, dass Mama – also meine *Mutter* – am selben Tag auch ihre Ausstellungseröffnung im Museum hat. *Mama und ich – Sklaven der Kunst. Gladiatoren im todesverachtenden Kampf um Ruhm, Ehre ... und Kaffeetassen mit Lateinspruch drauf.*

Was sie persönlich nicht *ganz* so witzig fand, als ich genau *das* gestern Abend beim Essen raustrompetet habe ... mit einer halben Portion *Nummer 102 süß-sauer* im Mund.

»Mit vollem Mund spricht man nicht!«, rügte mich mein Vater und dann knurrte meine Mutter eben: »Das ist ***nicht*** witzig, Jan!«

»Wieso? Du und ich. Opfer der Kunst. **Voll witzig!**«, sag ich dann und schiebe mir gleich drauf noch mal drei leckere frittierte Bananen in den Hals.

»Mama, wo ist mein Minnie-Maus-Nachthemd?«, fragt da meine witzlose Schwester Hannah komplett am Thema vorbei.

Mama zuckt mit den Schultern und ich sage: »Das ist nicht das Thema!«, und nehme mir aber fest vor, dass ich das bei Gelegenheit mal zurück in ihren Wäscheschrank legen werde.

»Pfff!«, macht Hannah.

»Wie läuft's denn mit euren Ausstellungen, ihr *Kunstsklaven*?«, fragt Papa ein *bisschen* lustig nach.

»Läuft ... Punkt!«, informiere ich meinen Vater ausführlich.

»Murmelmurmel!«, murmelt Mama sich irgendeine Antwort zusammen.

Da guckt mein Vater uns abwechselnd an und brummelt dann nach einer Weile: »Schön, dass wir mal drüber geredet haben.«

Da hat dann aber auch keiner mehr so richtig drauf reagiert. Mama schüttet sich ein halbes Glas Rotwein in den Hals und mümmelt dann wieder an ihren Bambussprossen rum.

Wie gesagt: Meine Mutter ist mit ihrer Ausstellung voll amtlich im Stress ...

... was mich persönlich ein bisschen wundert. Ist ja schließlich nicht die erste Ausstellung, die sie da organisiert. – Ein paar alte Bilder aufhängen! Kann ja wohl nicht so schwer sein.

… und die Nägel, die sie dafür braucht, kann sie sich nun auch locker leisten. Also ihr *Museum* dann. Obwohl das da bei denen auf dem Konto so ähnlich aussehen muss, wie mein Sparschwein sich fühlt. – Total leer nämlich! Praktisch gesehen haben die nämlich gar keine Kohle für Mamas Sonderwünsche. Also für ihre Ausstellung eben, die sie da ab Montag am Start hat. Aber meine Mutter wäre nicht meine Mutter, wenn sie da nicht gesagt hätte: »Ich ***will*** die Ausstellung! Und ich ***krieg*** sie auch!«

Ich sag dir, da ist sie wie ein Terrier. Total verbissen! Und dann hat sie es auch tatsächlich irgendwie geschafft, einen *Sponsor* aufzutreiben. Also einen Typen mit Spendierhosen. So einen hat sie gefunden. Total irre, sag ich dir. Der schenkt meiner Mutter für ihre Ausstellung einen Haufen Geld und dann will er nicht mal, dass sein Name irgendwo fett über den Bildern steht. Da wär ich anders.

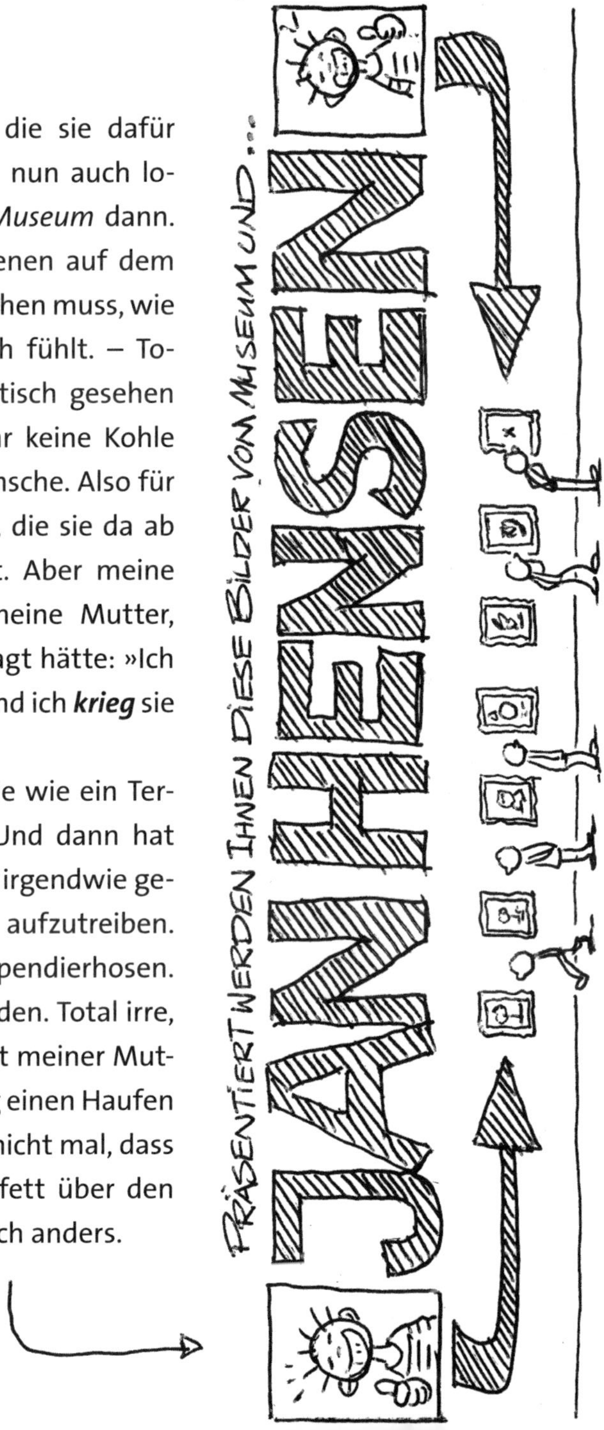

… aber egal, jedenfalls hat eben dieser Topsecret-Typ es mittels Geldfluss ermöglicht, dass Mamas Ausstellung laufen kann. Und sie wird laufen. Ganz sicher das. – Und meiner persönlichen Meinung nach könnte sie deshalb auch etwas geschmeidiger sein. *Lockerer* eben.

… ist sie aber nicht.

»Was willst du denn hier?«, begrüßte sie mich nämlich total unlocker, als ich mit Lena, Nadine und dem Bloch vor zwei Stunden in ihrem Museum aufgeschlagen bin.

»Die Betriebsbesichtigung – *Museumsführung*!«, antworte ich ihr. »Wir hatten darüber gesprochen … *schon längst!*«

»Ach ja, richtig. … aber das war *heute Morgen*, nicht *schon längst*!«, korrigiert meine Mutter doof drauflos.

Und dann ging sie aber auch schon los, die *Betriebsbesichtigung*. Und das, obwohl meine Mutter eigentlich ja so was von null Zeit für so einen ausgemachten Schwachsinn hat. Aber da schlägt ihr Kunstherz … also ihr *Herz für Kunst* so dermaßen hoch, dass sie dafür alles andere schon mal stehen und liegen lässt, wenn sie die Gelegenheit wittert, *kulturmüde* Teenager für den ganzen Krempel begeistern zu können. Jedenfalls: Meine Mutter schleppte uns durch das komplette Museum, wir stellten ihr *wahnsinnig spannende* Fragen … also meine *Teamkollegen* stellten sie dann wieder, *nicht* ich.

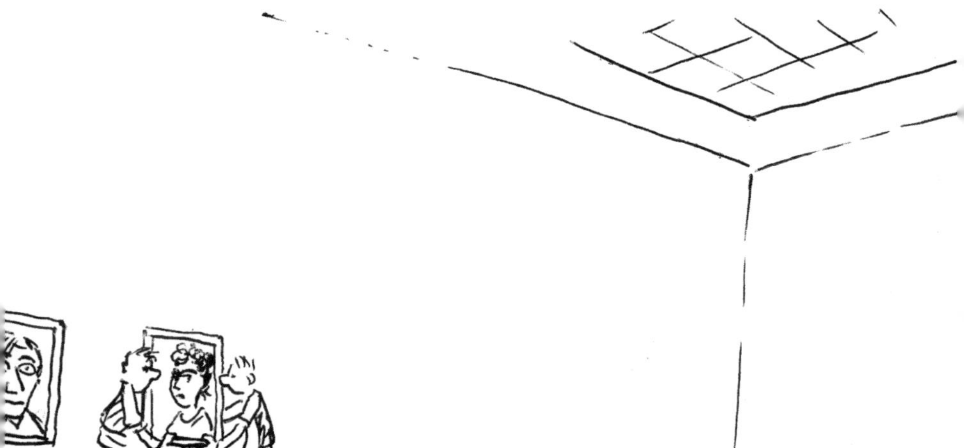

... also nicht, dass mich der Job meiner Mutter *gar* nicht interessieren würde, aber das war hier nun mal das absolute Heimspiel. Und das kannst du wörtlich nehmen, Kumpel!

Praktisch gesehen habe ich hier meine halbe Kindheit verbracht. ... also *ganz* früher dann. Als ich noch *ganz* klein war. Da hat mich meine Mutter oft mit zur Arbeit mitgeschleppt, wenn das Kindermädchen krank war oder so was. Aber das war *gestern*. ... also *ganz* lange her!!!

Heute sieht die Sache so aus, dass ich trotzdem noch ganz gut Bescheid weiß. Und deswegen konnte ich dann auch locker selbst die saudämliche Frage von dem obersaudämlichen Bloch beantworten, die er eigentlich meiner Mutter gestellt hat.

»Natürlich sind das Originale, du Hirni«, antworte ich ihm, als wir wieder in der Ausstellungshalle angekommen sind.

»Das kann ich ja nicht wissen!«, zickt der Bloch da rum. »Außerdem habe ich deine Mutter gefragt, nicht dich ... *Janny*!«

Und dann sehe ich, wie er sein Angeber-iPad aus seiner Tasche kramt, um ein paar Fotos von den Originalen zu machen. Was natürlich absolut verboten ist hier im Museum. – Da sag ich aber extra nichts zu, weil ich ganz genau weiß, was als Nächstes kommt.

»Keine Fotos!«, brüllt Mama ihn da nämlich voll streng an, worauf der Bloch voll erschrocken beinah sein iPad fallen lässt.

»Tut mir leid, Junge! Aber Fotografieren im Museum ist hier *strengstens* verboten«, erklärt meine Mutter ihm da noch mal etwas freundlicher.

»Aber, Frau Hensen! Wir brauchen doch die Fotos!«, sagt Lena supertraurig, was irgendwie auch echt süß ist, wenn Lena supertraurig ist.

»Exakt! Für unsere PowerPoint-Präsentation! Unser Projekt, Frau Hensen«, mischt sich die Müller doof ein.

»Ihr macht eine *PowerPoint-Präsentation*??? – Wie langweilig!«, haut meine Mutter da raus.

Da waren alle erst total überrascht und auch ein kleines bisschen beleidigt. Außer mir! – Endlich sprach mal jemand aus, was ich schon lange wusste!

»Tut mir leid, Leute, ich sehe das so!«, sieht meine Mutter das noch mal exakt genauso wie ich. »Es wäre doch viel spannender, wenn ihr *selbst* künstlerisch aktiv werdet. Macht *eigene* Kunstwerke! Stellt sie aus. – Also *parallel* zu eurer Diashow. – Eine Pinnwand, ordentlich im Raum platziert, wirkt Wunder. – Was meint ihr?«

»Superschön!«, meint Lena da total begeistert.

»Gute Idee!«, meint Nadine, ebenfalls hin und weg.

»Großartig, Frau Hensen!«, meint Schleim-Bloch.

›Total bescheuert! Parallel *noch* mehr Arbeit!‹, meine ich und sage aber natürlich nicht, was ich meine.

»Sehr schön!«, meint meine Mutter selbst noch mal hochzufrieden. »Ich mach euch einen Vorschlag: Ihr fertigt eigene Porträts an. Das würde auch ganz wunderbar zu eurem Museumsbesuch heute passen.«

Sagt es und blickt noch mal ganz verzückt zu den Bildern ihrer Ausstellung rüber ...

... ***Faces – Selbstbildnisse im Wandel der Zeit***.

So soll das Ding heißen. – Lauter Selbstporträts. Von uralt bis nagelneu. Von Typen, die anscheinend nix Besseres zu tun hatten, als den lieben langen Tag sich selbst abzupinnen.

… ich *habe* Besseres zu tun! Null Zeit für Kunst! Was ein bisschen blöd ist, weil in exakt – warte – ja: in exakt 3 Stunden, 29 Minuten und 2 Sekunden um Punkt 17:00 Uhr laufen nämlich Lena, Nadine und der Bloch hier auf. Bei uns zu Hause also. Zum Teamtreffen eben. Und da werden sie alle ihre Selbstporträts mitbringen. Das hatten wir so besprochen.

… also Lena, Nadine und Schleim-Bloch hatten das so mit meiner Mutter besprochen. Und ich dann eben auch ein bisschen, aber wie gesagt: Ich habe wirklich Besseres zu tun! *Null* Zeit für Kunst!

EINTRAG 9 – MITTWOCH, 16:32 UHR

… also sagen wir mal: *verdammt wenig* Zeit für Kunst, nicht *null*! Weil immerhin habe ich diese extrem unnötige *Mehr*arbeit dann ja doch noch erledigt. Also mich selbst gezeichnet eben. Das Ergebnis ist jetzt echt nicht der Brüller, aber für mehr hat es wirklich nicht mehr gereicht, weil *noch mehr Zeit* wollte ich wirklich nicht mehr für diesen Blödsinn verschwenden.

Weil schließlich musste ich ja auch noch mein Zimmer aufräumen. … für meinen Besuch! … für *Lena*!

Was bis gerade gedauert hat und *echt* Arbeit war, weil ich das in der Form noch nie zuvor gemacht habe. Praktisch gesehen eine universelle Weltneuheit.

Und dann musste ich ja auch noch in die Stadt fahren. Um ein Poster zu besorgen. Mit *Justin Bieber* drauf! – Der interessiert mich eigentlich echt nicht die Bohne, aber ich weiß, dass Lena voll drauf steht. Und da dachte ich eben, dass das bestimmt eine Menge Eindruck macht, wenn sie sieht, dass Justin Bieber bei mir im Zimmer hängt.

Ich also in die Stadt – und die hab ich dann auch halb abgrasen müssen, bis ich endlich bei Karstadt fündig geworden bin. Fünf ganze Euronen für den Vollspacko im Posterformat!

... aber da hatte ich dann auch noch Glück! Weil in der Computerabteilung wurden gerade ein paar Applerechner ausgepackt. Und da durfte ich dann einen Karton mitnehmen. Einen *leeren* natürlich nur! Aber immerhin einen Original-Karton von dem allerneusten Granatenteil, was Apple sich da ausgedacht hat. – *MacPro – pro Desktop.* – Ein Rechner in etwa nur so groß wie meine Birne, aber mit schätzungsweise 3 Trilliarden mal mehr Leistung drin.

Das Ding ist nämlich, dass ich *exakt* so ein Hochleistungs-Hammerteil nun auch noch habe.

... also haben *sollte* ... neben meinem *nicht* vorhandenen iPad und *keinem* Laptop von Apple.

... weil der Bloch mich wieder provoziert hat.

Heute Morgen war das. Nach dem Museumsbesuch. Als wir rausgegangen sind. Da hat er wieder so ganz ekelhaft rumtrompetet, dass das mit den fehlenden Museumsfotos überhaupt kein Problem wäre.

»Wenn ich will, kann ich das komplette Museum künstlich nachbauen«, trompetete er rum. »Ihr versteht schon. *Virtuell* eben. An meinem *Mac Pro*.«

Und weil da Nadine und ganz besonders Lena wieder so total beeindruckt rumstaunten, habe ich dann gesagt: »So ein Zufall, ***Blochi***. Hab ich auch!«

... hab ich natürlich *nicht*! Und dafür aber eben *noch* ein Problem mehr, für das ich nun jedoch eine Lösung gefunden habe: den leeren Apple-Karton von Karstadt.

Den hab ich dann auf den Gepäckträger geklemmt und den Justin Bieber unter den Arm und bin dann wieder nach Hause geradelt. Schnell und direkt ...

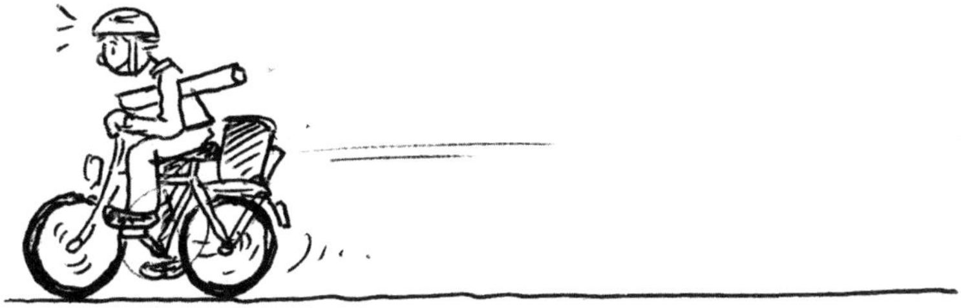

… mit einem kleinen *indirekten* Umweg durch den Stadtpark. Zeitlich lag ich gut im Rennen und da wollte ich einfach mal meine Kumpels wieder treffen, mit ihnen quatschen und so …

»Selam, mein Brrruder, Selam!«, begrüßte Cemal mich stürmisch und hielt mir sein Smartphone direkt vors Gesicht.

»Was soll ich damit?«, gucke ich das Teil doof an.

»Reinsprechen!«, quäkt Hendrik. »Du wirst gefilmt!«

»Yildirim, lass den Scheiß!«, sag ich zu Cemal und Cemal dann aber: »Wie läuft es, Brrruder? Wasgeht, äy?«

»Äh ... geht so. Bin ordentlich im Stress wegen ... – Ist aber auch scheißegal. Und jetzt mach das Ding endlich aus. Das nervt. Aber ehrlich, Mann!«

»Strike!«, grinst Cemal da von einem Ohr zum anderen, drückt dann aber auf *Stopp*, rechnet irgendwas rum, liest irgendwas von seinem Handy ab und triumphiert in die Runde: **»Acht Sätze in 20,1 Sekunden! – Rekord!«**

»W...«, will ich Cemal fragen, was das Ganze soll.

»Das zählt nicht, Mann!«, mosert Sebastian dann aber los. »›*Bin ordentlich im Stress wegen ...*‹ ist kein ganzer Satz. Es zählen nur *ganze* Sätze. Der Rekord bleibt bei mir. Sieben Sätze in 23,5 Sekunden.«

»W...«, versuche ich einen neuen Start.

»Außerdem zählen *Kumpels* nicht!«, krittelt Gerrit auch noch mal.

»Ich ...«, sage ich.

»Äy, hab isch gesackt *Kumpel* zu Hensen? Hab isch ganz klar *Brrruder* gesackt, äy!«

»W...«

»Das ist *Mogeln* und reicht trotzdem nicht«, gibt Gerrit zurück.

»Was macht ihr da, verdammt?«, platze ich dann echt genervt.

Und da gucken mich alle ganz überrascht an und Cemal sagt: »Das, mein Freund, ist selbstverständlich Projekt *W.Z.A.H.V.C.*!«

»Äh ... verstehe«, verstehe ich die Welt nicht mehr. »Ihr arbeitet echt für die *Projektwoche*?«

»**Quatsch!** Der *W.Z.A.H.V.C.* ist ein *knallharter* Wettkampf!«, grinst Rekordhalter Sebastian.

Und Gerrit dann noch: Der ***W****er-****Z****uerst-****A****ufsteht-****H****at-****V****erloren-****C****ontest! – ***W.Z.A.H.V.C.*** Der offiziell welterste Wettkampf seiner Art!«

»... und absolut *projektwochenschadstoffffrei*!«, versichert Cemal dann auch noch mal grinsend.

»Wobei das mit dem Komma immer noch nicht ordentlich gelöst ist«, wirft Hendrik ein. »Korrekt müsste es heißen: W.Z.A.***K.***H.V.C. – ***W***er-***Z***uerst-***A***ufsteht-***Komma***-***H***at-***V***er...«

»Die Sache ist die, Hensen«, unterbricht Sebastian ihn stumpf. »Wir filmen die Typen, die hier vorbeikommen, und quatschen sie an. Im Sitzen. Der Reihe nach. Wer den längsten Clip mit den meisten Sätzen von einem Typen drauf hat, hat gewonnen«, und zu Cemal noch mal deutlich: »... es zählen aber nur ***ganze*** Sätze!«

»... und wer zuerst aufsteht **KOMMA** hat verloren!«, beharrt Hendrik auf seinem Komma und erklärt noch: »Meint, dass man den Passanten nicht hinterherlaufen darf, um sie länger filmen zu können. Wer es trotzdem tut, wird disqualifiziert.«

»... und es zählen ***nur*** Typen, die wir ***nicht*** kennen!«, unterstreicht Gerrit dann auch noch mal und ebenfalls in Richtung Cemal: »Das sind einfache, aber *strenge* Regeln!«

»Regeln sind da, um sie zu brechen. Und außerdem macht Hensen ja jetzt nur noch mit den Highend-Streber-Spacken rum. Der zählt also momentan nicht als *Kumpel*«, kontert Cemal.

»Und was ist das da neben dir?«, fragt Sebastian und zeigt auf Lernfreak, Musterschüler und Klassenüberspringer Hendrik Lehmann.

»Ich bin *anwesend* und schon gar nicht ***das da***!«, beschwert Hendrik sich.

»Lehmann ist eine Ausnahme!«, sagt Cemal da noch mal, worauf Gerrit dann auch noch mal *irgendwas* sagt, was ...

... ich dann aber nicht mehr genau verstehen konnte, weil ich da nämlich schon weitergefahren bin. Was aber auch keiner so richtig mitgekriegt hat von meinen Kumpels ...

... oder *Ex*-Kumpels. So was kann ja schnell gehen. *Drei* Tage und – ***zack*** – ist man draußen.

Aber egal erst mal! Kümmere ich mich später drum!

Jedenfalls bin ich dann *schnell und direkt* nach Hause gefahren, habe Justin Bieber an die Wand gepappt und den Pappkarton von Apple vollgepackt. Mit meinen Matchboxautos. Die hatte ich *rein zufällig* eben grad zur Hand, weil ich sie *rein zufällig* bei meiner Aufräumaktion unter dem Bett gefunden hatte. Daher!

Ist aber auch komplett egal! – Entscheidend ist, dass ich den Karton so lang mit meinen Autos vollgepackt habe, bis ich das Gefühl hatte, dass es vom Gewicht her wohl irgendwie passen würde. Zum Schluss noch eine Lage Socken obendrauf … und ein paar Unterhosen auch noch. Zur Sicherheit. Als Dämmmaterial. Und dann habe ich den Karton mit Tesafilm ordentlich zugeklebt und ihn exakt in die Mitte von meinem Zimmer platziert. – Alles perf…

... sorry, mein Freund! Musste da gerade mal unterbrechen, weil bis gerade war noch nicht *alles* perfekt! Weil bis gerade fehlte noch ein sehr wichtiges Detail in meinem Zimmer. Das iPad natürlich ... und das Apple-Laptop natürlich auch. Aber das meine ich jetzt nicht. Dafür habe ich sowieso eine komplett andere, aber ebenso *geniale* Lösung gefunden.

Nein, was ich meine, ist *Musik*. *Lenas* Musik. Von *Justin Bieber*! Die fehlte mir gerade noch. Aber da bin ich diesmal schneller fündig geworden als mit den Plakaten von diesem Schwachmaten.

In Hannahs Zimmer nämlich. Praktisch gesehen, ist Hannahs Zimmer für mich in letzter Zeit eine echte Fundgrube geworden. Und *sehr* praktisch ist, dass Hannah gerade nicht da ist. Die kommt praktischerweise auch erst gegen acht zurück. Das weiß ich deshalb so genau, weil sie Mama und Papa heute Mittag gefragt hat, ob sie heute so lange bei ihrer Freundin Steffi bleiben darf. Wobei ich aber *auch* ganz genau weiß, dass das mit *Steffi* stumpf gelogen ist. Hannah turnt bei *Patrick* rum. ... oder hängt mit ihm ab oder was weiß ich denn, was die da machen. Jedenfalls weiß ich hundertprozentig genau, dass Hannah seit ein paar Wochen mit ihm was am Start hat. Steht alles auf *WhatsApp*. Also auf ***ihrer*** *WhatsApp*. Kann ich ja nichts für, wenn sie ihr Handy überall doof rumliegen lässt ... auf ihrem Schreibtisch zum Beispiel.

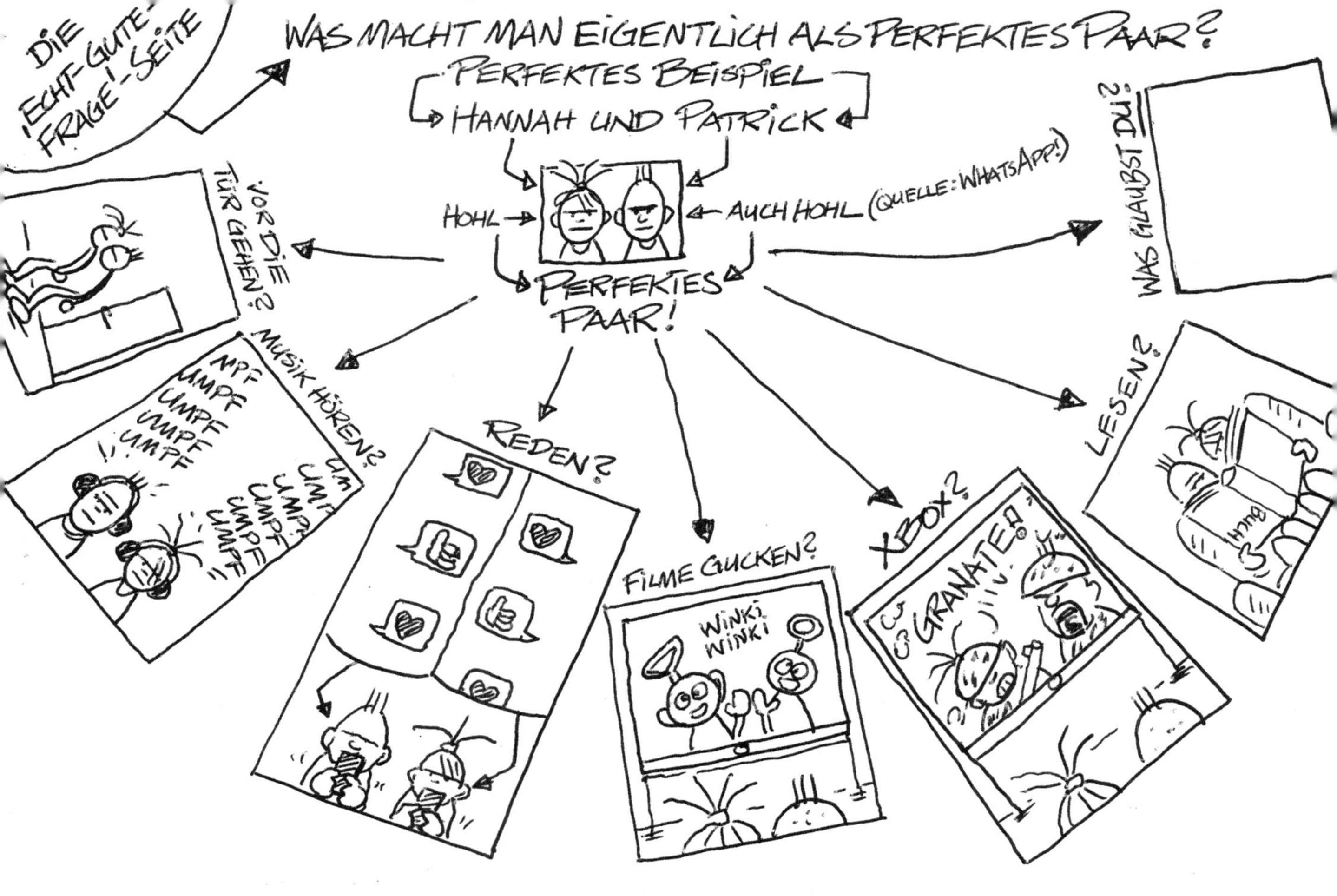
DIE ›ECHT-GUTE-FRAGE!‹-SEITE
WAS MACHT MAN EIGENTLICH ALS PERFEKTES PAAR?
PERFEKTES BEISPIEL
HANNAH UND PATRICK
HOHL
AUCH HOHL (QUELLE: WHATSAPP!)
PERFEKTES PAAR!
VOR DIE TÜR GEHEN?
MUSIK HÖREN?
MPF UMPF UMPF UMPF UMPF
UM UMPF UMPF UMPF UMPF UMPF
REDEN?
FILME GUCKEN?
WINKI WINKI
XBOX?
GRANATE!
LESEN?
BUCH
WAS GLAUBST DU?

Aber das wollte ich eigentlich alles gar nicht erzählen. Erzählen wollte ich, dass ich nun auch Musik im Zimmer habe. Von *Justin Bieber*! Mittels iPod und Dock-Station meiner Schwester.

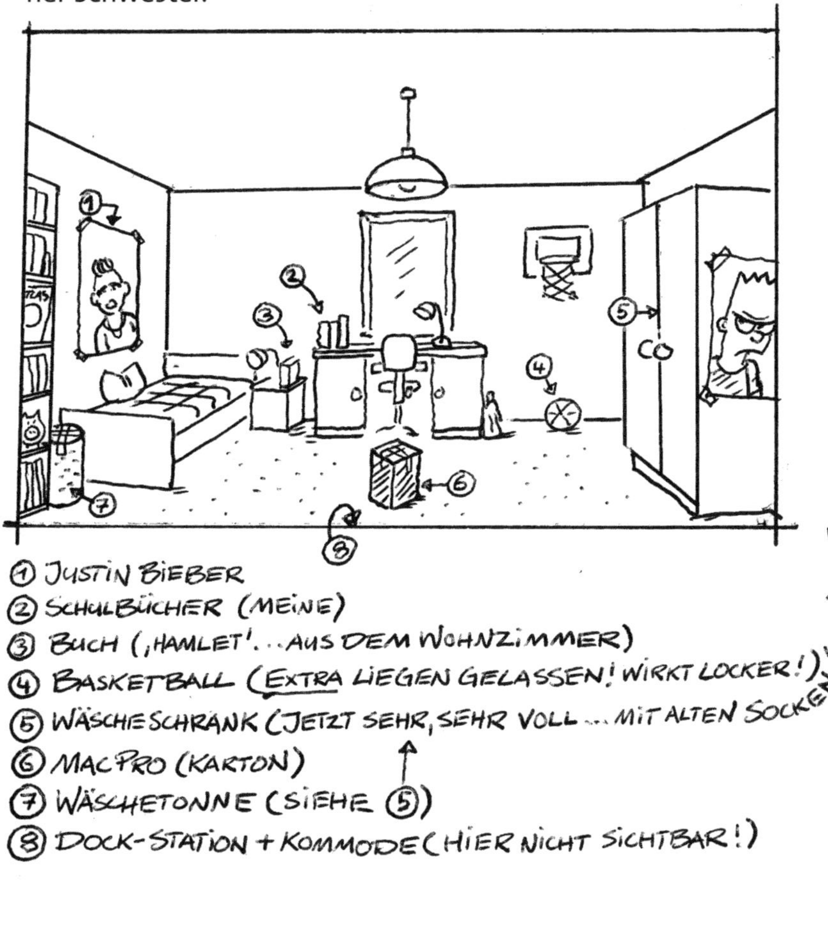

Perfekt! Der Besuch kann kommen! *Lena* kann k…

Eintrag 10 – Mittwoch, 23:03 Uhr

Lena *kam*! Punkt fünf! *Wieder* zusammen mit Bloch. Keine Ahnung, warum Lena mir das antut.

Aber das muss man vielleicht auch etwas lockerer sehen. – In einer Beziehung ist es wichtig, dass man dem anderen die Freiheit gibt, die er braucht. Da würde sich Lena zum Beispiel bestimmt sehr eingeengt fühlen, wenn ich ihr vorschreiben würde, mit wem sie Kontakt haben darf und mit wem nicht. *Freiheit* ist in einer Beziehung enorm wichtig …

… und hat meiner Meinung nach aber auch ganz klar ihre Grenzen. Das werde ich Lena dann bei passender Gelegenheit auch mal erklären, dass ich das schon *sehr* schade finde, wenn sie sich mit Typen wie dem Bloch abgibt …

… und dann auch noch wagt, ausgerechnet mit diesem Arschloch hier zusammen anzutanzen.

Aber egal erst mal. – Die beiden standen Punkt fünf auf der Matte, und was ich dann ja auch wieder ganz gut fand, dass Nadine Müller original fünf Minuten zu spät kam.

»Du bist zu spät!«, begrüße ich sie an der Wohnungstür auf der Matte und lasse sie dann auch ganz genau da alleine doof rumstehen und gehe zurück in mein Zimmer. – *Strike!*

Lena hatte sich schon auf meinen Drehstuhl hingepflanzt und ausgerechnet Bloch sich auf mein Bett geschmissen. – Womit der Plan in Sachen *Sitzordnung* schon mal gründlich durcheinander war.

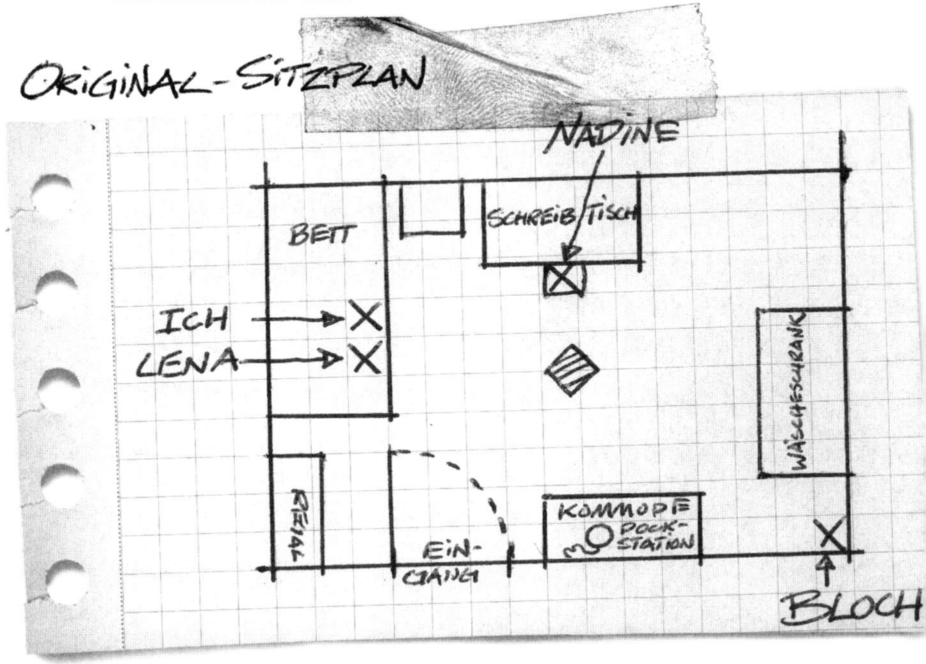

Aber wurscht erst mal! Nadine kam dann auch knurrend rein und setzte sich freiwillig auf den Boden.

Und dann, Kumpel, lief es ja auch wirklich absolut perfekt.

»Oh, Janny!«, jauchzte Lena nämlich überglücklich, als sie das Poster über dem Bett entdeckte. ***»Justin Biiieeebeeer!!!«***, und zeigt auf diesen Poster-Hirni mit seiner total behämmerten Frisur.

»Sieht aus, als hätten sie ihm da ein Eichhörnchen auf den Kopf getackert«, meinte dann auch Nadine Müller treffend.

Worauf ich dooferweise kurz auflachen musste. So unterdrückt eben ... also mit Mund zu. *Knarzend* irgendwie über den Rachen eben ... ohne vernünftige Buchstaben.

Was Lena aber Gott sei Dank nicht mitkriegte, weil Bloch *endlich* den Karton in der Mitte des Zimmers entdeckte und sehr erstaunt ausatmete: »Der *Mac Pro*! – Du hast tatsächlich einen *Mac Pro*, Hensen. Unglaublich ... ...?!?!«

»Tjaaaa!«, sage ich da nur sehr, sehr cool und dann noch *super*beiläufig: »Könntest du den bitte für mich auf die Kommode da stellen? Damit wir Platz haben für das Tablett. Für Cola und Chips. – Ich hol das mal schnell.«

Sage es und verlasse das Zimmer. Bleibe aber direkt hinter der Tür stehen, um Blochs Reaktion beobachten zu können.

»Unglaublich«, stöhnt er da noch mal ganz fassungslos, als er den Pappkarton anhebt und ihn vorsichtig auf die Kommode hievt.

›Perfekt! Kein Matchbox zu viel drin!‹, denke ich, hole schnell das Tablett mit Cola und Kram aus der Küche, und als ich damit dann wieder das Zimmer betrete, fragt Bloch mich: »Warum ist der noch im Karton?«

›Wieder perfekt!‹, denke ich und gebe die perfekte Antwort auf diese perfekte Frage: »Ach so! Richtig! Das hat mein Vater gemacht! Der schickt den morgen *direkt* zu Apple! Nach Amerika! Damit sie den da auftunen! Du verstehst schon! *Noch mehr* Leistung eben!«

Strike! – Bloch atmet nur noch.

»Und wo ist dein iPad und das MacBook Pro?«, fragt Nadine dann plötzlich.

Das war wieder eine *kleine* Abweichung von meinem Plan. Meiner Berechnung nach sollte diese Frage *auch* der Bloch stellen. – Aber das spielte ja auch eigentlich keine Rolle. Entscheidend war, dass die Frage überhaupt gestellt wurde, auf die ich dann auch wieder eine perfekte Antwort parat hatte: »Ach herrje! *Mein* iPad und *mein* MacBook Pro! Beides nicht da! – Meine Schwester mal wieder! Da passt man mal einen Moment nicht auf und dann – *schwupp* – krallt sie sich immer meine Sachen.«

»Kenne ich!«, stöhnt Nadine. »Mein kleiner Bruder ist genauso drauf!«

Und dann lief es wieder *voll* nach Plan! – Bloch stellt die entscheidende Frage Nummer 3: »Und womit – bitte schön – sollen wir gleich die PowerPoint-Bearbeitung machen?«

»Hmmm, gute Frage!«, sage ich und lege eine genau berechnete Kunstpause mit Finger am Kinn ein und sage weiter: »Wir könnten das Laptop meiner Schwester benutzen. Das ist zwar fürchterlich lahm, aber für PowerPoint wird's wohl reichen.«

Meinen *superspontanen* Einfall fanden Lena, Nadine und der Bloch jetzt nicht ganz so prickelnd, aber dann waren sie schließlich doch damit einverstanden. – Perfekt!

Ich mache mich also auf den Weg zu Hannahs Zimmer, um das Laptop zu holen, das ich selbst zuvor auf ihren Schreibtisch platziert hatte. *Mein eigenes* nämlich. Die *Pizzaschachtel* also. – Ich bin schon halb aus dem Zimmer, da ruft Lena supersüß hinterher: »Ach Janny, lass doch erst mal. Kannst Du doch auch später holen. Ich meine – keine Ahnung – aber ich wär jetzt echt schon supergespannt auf eure Kunstwerke. – Ich hab meins auch dabei. *Hihihi!*«

Janny – Komisch ist das. Ich kann es ***wirklich – echt – überhaupt nicht*** ausstehen, wenn man mich *Janny* nennt, aber wenn Lena es tut ... einfach nur süß!

»Genau, ***Janny***!«, quatscht der bescheuerte Bloch mich an. »Jetzt ist *Kunst* angesagt! – *Hähähä!*«

Das war eine weitere Abweichung des Plans. Aber auch mit der konnte ich leben. Ob ich mein Laptop jetzt oder dann eben später aus Hannahs Zimmer zurückholen würde, war eigentlich nicht wichtig. Dank Hannahs Abwesenheit!

Und dann kam ja auch schon im nächsten Moment meine Mutter nach Hause. Also zurück von ihrer Arbeit aus dem Museum. Und anstatt dann einfach mal Feierabend zu machen, abzuschalten – *shoppen gehen* oder was weiß ich: *Kochkurse für Anfänger* besuchen –, also anstatt ihre Freizeit einfach mal sinnvoll zu nutzen, kam meine oberpeinliche Mutter in mein Zimmer marschiert und wollte sehen, *was wir Feines gezaubert haben.*

... oder *zusammengekritzelt* im Fall *Nadine Müller*! Die präsentierte meiner Mutter als Erste ihr Kunstwerk.

Okay – fairerweise muss man sagen, dass Müllers Selbstporträt eine echte Fleißarbeit war. Superordentlich mit Bleistift durchschraffiert. Und eine gewisse Ähnlichkeit hatte der Betonkopf auf dem Papier auch mit ihr. ... aber sonst? – Total unbegabt!

»Das ist *ganz* entzückend, meine Liebe!«, lobte meine Mutter Nadine Müller.

Was eiskalt gelogen war! Ich kenne meine Mutter. In Sachen *Kunst* ist sie gnadenlos kritisch.

»Ach, wie ... *hübsch*! Und diese großen Augen! Ganz ... *wunderbar*!«, log meine Mutter weiter, bis sich die Balken bogen, als sie das nächste Selbstbildnis sah. – *Lenas* nämlich.

Kumpel, ich sag's echt nicht gern, aber irgendwo muss man ja auch mal sachlich bleiben: Lenas Bild war der absolute *Manga-Müll*! – Augen so groß wie von einem Alien. Also von einem *sehr überraschten* Alien, dem man vielleicht grad ein backsteingroßes Zäpfchen hinten reingerammt hat. – Würde mich doch schwer wundern, wenn meine *kunstverwöhnte* Mutter das anders gesehen hätte.

Und dann war sie aber auch wieder *ganz die Alte*, als ich ihr meine Arbeit auf den Tisch warf: »Das ist luschig, Jan! Und dann auch noch mit *Kuli*! ... das kannst du besser! *Viel besser!*«

Lena und Nadine sahen das ähnlich. – Ausgerechnet diese beiden extrem talentlosen Girlies. Echte Frechheit eigentlich.

Was mich überraschte, war, dass der Bloch nicht in dieselbe Kerbe schlug. – Er grinste nur dämlich und kramte eine Zeichenmappe aus seinem Rucksack. – Eine *Zeichenmappe*! Wie eingebildet ist das?!

»Oh, sieh an! Eine *echte* Zeichenmappe! Wie beeindruckend«, staunte meine leicht zu beeindruckende Mutter, klappte sie vor sich auf und …

… glotzte unfassbar erstaunt das Bild an, das darin lag. – Ein Bild, das wirklich *null* Ähnlichkeit mit Bloch hatte. – Mit einem Typen drauf, der gelangweilt an seinem Schreibtisch abhängt und aus dem Fenster glotzt. – *Null* Ähnlichkeit! … aber dafür wirklich *unfassbar erstaunlich* gut gezeichnet. Mit Bleistift und mit Tusche oder so was. Auf feinstem Papier.

»Booaaah!«, sagten dann auch prompt die erstaunten Mädchen.

Was mir beinah auch rausgerutscht wäre, aber da hatte ich mich gerade noch im Griff und sage zu Bloch so gelangweilt wie möglich: »Das hat *null* Ähnlichkeit mit dir!«

»Na und?«, grinst Bloch doof zurück. »Da war ja auch nie die Rede von, dass es Ähnlichkeit haben sollte. – Die Rede war von *Porträt*, nicht ***Selbst***por...«

»Es ist eine *Kopie*!«, schneidet meine Mutter dem Schwachkopf das Wort ab.

»Äh ...«, kann Bloch da erst nur drauf sagen und schiebt dann aber dreist hinterher: »Das haben Sie gut erkannt, Frau Hensen. Mein Resp...«

»Du hast geschummelt!«, schneide *ich* ihm dann das Wort ab.

»Was heißt hier *geschummelt*?!«, plappert er aber wieder kackendreist drauflos. »Die Rede war von ***Anfertigen***, nicht von ***Selberzeichnen***! – Und genau *das* habe ich getan. Ich habe eine *perfekte* Kopie von einem Original-Porträt ***angefertigt***! Mit meinem Hochleistungs-Scanner und meinem Tintenstrahldrucker und ...«

»Jaja – nänä, schon klar, Bloch!«, stöhne ich ihn total begeistert an. »Echt perfekt, Bloch! Ganz groß, Bl...«

»Bloch?«, funkt meine Mutter plötzlich in meine Stöhnerei. »*Der* Bloch? Bankberater Bloch? Das ist dein Vater?«

Und Bloch darauf von ganz ekelhaft oben herab: »*Selbstverständlich*, Frau Hensen. Aber mein Vater ist *selbstverständlich* kein kleiner *Bankberater*. Sonst hätte er mir ja auch wohl kaum so ein wertvolles Original zur Verfügung stellen können, um eine derart *perfekte* Kopie anzufertigen. ***Selbstverständlich*** also leitet mein Vater das Geldinsti...«

Und bevor der Bloch da auch nur noch ein Mal *tut* sagen kann, sagt meine Mutter spitz: »Das ist mir bekannt, Junge!«

Und dann stand sie plötzlich auf, rückte ihren Rock zurecht, strich sich einmal hektisch durch die Haare, räusperte sich, flötete superfreundlich: »Sehr schön, Kinder! Macht weiter so!«, und stöckelte aus dem Zimmer.

Lena, Nadine und der Bloch fanden das vielleicht normal, aber – wie gesagt, Kumpel: Ich *kenne* meine Mutter. *Plötzlich aufstehen – Rock zurechtrücken – durchs Haar streichen – superfreundlich rumflöten* und dann auch noch *aus dem Zimmer stöckeln*: Das sind *ganz* klare Zeichen von amtlicher Anspannung.

Das weiß ich deshalb so genau, weil Mama exakt immer *dasselbe* tut, wenn sie mit Papa Stress hat. Das kommt nicht so oft vor, aber *wenn* es vorkommt und ich dann auch noch dabei bin, wenn es vorkommt, dann tun beide immer so, als hätten sie *überhaupt* keinen Stress miteinander, weil sie nicht wollen, dass ich es mitkriege.

Kriege ich aber! Jedes Mal! – Manchmal frage ich mich ja, für *wie* dämlich die mich eigentlich wirklich halten ...

… aber das ist ein anderes Thema! – Das Thema ist, dass Mama mein Zimmer verließ und ich wusste, dass sie voll angespannt war. Was ich aber nicht wusste und immer noch nicht weiß, ist das *Warum*! – Möglich, dass sie den Vater von Justus Bloch kennt. Und denkbar auch, dass der Vater wie der Sohn ist – ein *Arsch*-Bloch eben. Und dass meine Mutter den Vater vom kleinen Arsch-Bloch deswegen nicht ausstehen kann.

Aber das sind alles nur Vermutungen. Wissen kann man so was nicht.

Wissen kann man, dass Klein-Arsch-Bloch dann einfach auch nicht aufhörte, mir mit seiner Angeberei mit seiner Witz-Kopie voll auf den Sack zu gehen.

Der Nadine Müller anscheinend auch, weil die haute sich dann einfach auf mein Bett und stöhnte gelangweilt Justin Bieber an.

›*Justin Bieber!* Die Rettung!‹, dachte ich da.

Und während Lena bestimmt zum dritten Mal sagte, dass sie Blochs Bild *irgendwie voll süß* fände, ging ich zur Kommode rüber und drückte auf *Play* von Hannahs iPod ...

If I was your boyfriend, I'd never let you go

I can take you places you ain't never been before ...

Kumpel, ich sag dir: Es war ***per-fekt***! – Von jetzt auf gleich hörte Lena Senger auf, Blochs *Kack*strahl-Ausdruck anzuhimmeln, und fing an, mit Justin Bieber im Duett zu singen ...

... Baby take a chance or you'll never ever know.

... und Bloch – der hörte auf zu atmen! Jedenfalls machte er so den Eindruck. Er stand einfach nur stumpf da und sah zu, wie Lena da rumwippte und mit dem Bieber sang ...

... NA NA NA, NA NA NA, NA NA NA – YA GIRL ...

... und Nadine Müller? Die machte irgendwie den Eindruck, als würde sie da auf meinem Bett überlegen, ob es möglich wäre, von dort aus die Zimmerdecke anzukotzen.

... NA NA NA, NA NA NA, NA NA NA – EY ...

... sangen der Bieber, Lena ... und dann auch *ich*. – Textlich hatte ich das schnell drauf. Was jetzt nicht die *ganz* große Kunst war. Aber egal – ich hatte es drauf, und dann fing ich auch an rumzuwippen. Haargenau so wie Lena. Im Takt zu *unserem* Lied.

... NA NA N...

Justin Bieber und Lena Senger verstummten. Ganz plötzlich taten sie das.

… und ich dann auch, als ich beim Rumwippen eine tollkühne Drehung um mich selber machte und dabei sah, wer in der Tür stand. – Hannah!

›Deutliche Abweichung des Plans! Schwer korrigierbar!‹, schätzte ich die Lage richtig ein.

»Was soll der Scheiß? Was machst du mit meinem iPod, du Troll?!«, zickte Hannah dann auch direkt los.

»W… was machst du hier? Du sollst bei Patr… äh … *Steffi* sein!«, stammelte ich doof.

»Das geht dich einen *Scheiß* an, was ich hier mache!«, brüllte sie mir voll ins Gesicht, schnappte sich voll sauer ihre Dock-Station und fegte dabei voll ungeschickt auch den Apple-Karton von der Kommode. Und der knallte auf den Boden und ...

... platzte auf!

›*Nicht* korrigierbar!‹, dachte ich in die extreme Stille des Raums hinein.

Womit ich die Lage wieder einmal richtig eingeschätzt hatte. – Nadine, Lena und der Bloch glotzten noch still dem Matchboxauto hinterher, das als Letztes aus dem aufgeplatzten Apple-Karton gekullert war und quer durch mein Zimmer eierte, und dann ...

... platzten sie selbst. Vor Lachen.

Hannah begriff nichts und ging kopfschüttelnd aus dem Zimmer. Nadine, Lena und ganz besonders der Bloch kriegten sich dann auch nur schwer wieder ein.

Und dann kam Hannah aber *noch mal* in mein Zimmer gerauscht. Zusammen mit dem Laptop. *Meinem* Laptop. – Sie knallte das Teil einfach auf meinen Schreibtisch und fauchte mich an: »... und ***dein*** scheiß Rechner hat in ***meinem*** Zimmer **nichts** verloren!«

Und da war's dann ganz aus. – Nadine, Lena und ganz besonders der Bloch geierten, gackerten, brüllten wie die Geisteskranken.

»Was ist so komisch?!«, knurrt Hannah da noch mal absolut peilfrei und geht dann aber endgültig aus meinem Zimmer raus ...

... und ich am liebsten hinter ihr her. – Aber das ging nicht. Ich stand da wie festgetackert. Und Nadine, Lena und ganz besonders der Bloch? – Die lachten sich halb tot!

... was ich im Nachhinein ein kleines bisschen schade finde, dass die sich nur *halb* totgelacht haben.

... *ganz* tot wäre besser gewesen! Jedenfalls für den ganzen peinlichen Rest des Abends.

Eintrag 11 – Donnerstag, 14:04 Uhr

Fürs amtlich vollständige Protokoll für Donnerstag, den 12. Juni ... was bedeutet, dass die Protokolllücken *Montag – Dienstag – Mittwoch* noch zu einem späteren Zeitpunkt geschlossen werden ~~müssten~~ ~~sollten~~ könnten ...

Heute Morgen **also musste die Teamgruppenbesprechung um eine halbe Stunde verschoben werden, da unser Gruppenleiter Gero Neoprentschynski zunächst nicht in der Lage war, den Klassenraum zurückzuerobern, weil die Besatzer aus der Oberstufe sich weigerten, ihn wieder freizugeben. Was im Einzelnen geschah ...**

... kann ich dir, mein Protokoll-Lesefreund, im Einzelnen gar nicht sagen, weil ich nämlich voll verpennt habe und logischerweise gar nicht dabei war, als dieses alles geschah. – Fakt ist, dass ein Team aus der Oberstufe sich den Raum einfach gekrallt hat, weil sie den für ihr eigenes Projekt gebrauchen wollte. Und da hat dann Günther ... also *Gero* hat dann mit denen anscheinend ohne Ende rumdiskutiert und verhandelt und dann wollten die erst immer noch nicht raus und dann aber doch, weil dann nämlich Frau Kaulingfrecks zufällig um die Ecke kam und sie kurzerhand einfach rausgeschmissen hat. – Günther fiel der Kaulingfrecks dann weinend um den Hals und hat sie ganz lange auf den Mund geküsst ...

... was ich aber persönlich nicht *wirklich* glaube, dass er's getan hat, weil ich hab die Geschichte von Cemal. Der kam mir heute Morgen zufällig entgegen, als ich auf dem Weg zur Schule war. Viel zu spät, versteht sich. Weil – wie gesagt – ich hab verpennt. Aber voll.

... was daran lag, dass ich gestern Nacht auch verdammt wenig geschlafen habe, und dann hat meine Mutter mich heute Morgen auch gar nicht erst geweckt, weil sie da nämlich schon aus dem Haus war. Da hat sie mich wohl einfach irgendwie vergessen. ... *mich*, ihren einzigen Sohn! – Aber wie gesagt: Mama ist zurzeit wirklich nicht gut beieinander, weil sie zurzeit auch total überfordert ist wegen ihrer Arbeit und dieser Ausstellung. – Was sie natürlich ***niemals*** zugeben würde, dass sie deshalb voll am Rad dreht, aber denken kann man sich's ja doch. Jedenfalls hat sie gestern beim Abendessen *nur noch* gemurmelt, ihren Teller gar nicht mehr angerührt, sogar den Wein stehen lassen und ist dann wegen Migräne vorzeitig ins Bett. – Das sind ***amtliche*** Zeichen für Überforderung!

Wie auch immer: Ich – heute Morgen – voll verpennt – zur Schule gehechtet – treffe zufällig Cemal – der erzählt mir, was heute Morgen Sache war – und da will ich noch sagen, dass ich ihm die Knutschnummer mit Günther und der Kaulingfrecks aber nicht abnehme, da …

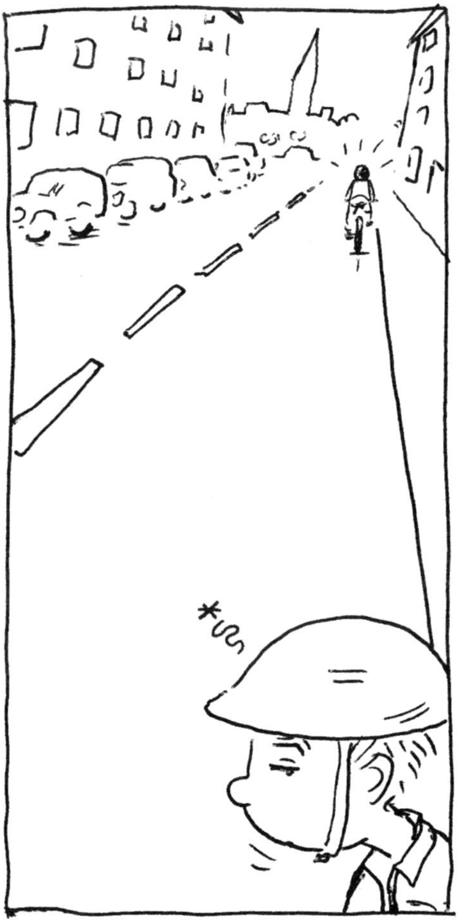

… ist Cemal dann aber schon längst weitergefahren. – Richtung Stadtpark!
›Meine Kumpels! Da muss ich mich echt mal drum kümmern‹, denke ich da noch, weil ich mich in den letzten Tagen echt ziemlich rar gemacht habe bei denen, und da kann das gut sein, dass die mich vielleicht auch gar nicht mehr dabeihaben wollen, weil ich denen auch vielleicht total egal geworden bin. – *Das* denke ich dann auch noch alles und dann …

… macht es ***Beeep Beeep***. – Mein Uralthandy in meiner Jackentasche. Eine SMS!

›Von Lena!‹, ist da mein erster Gedanke und dann war's aber nur der Bloch.

›Hi JANNY! Betriebsbesichtigung heute
in der Bank von meinem Daddy um
13:00 Uhr. Komm mal pünktlich …
… und bring dein iPad mit! ☺‹

›Arschloch!‹, ist mein zweiter Gedanke, weil Bloch ganz genau weiß, dass ich kein iPad habe. Seit gestern Abend eben weiß er das *ganz* genau. Du weißt schon: dieses Katastrophen-Treffen bei mir zu Hause.

Weil nachdem Lena, Nadine und ganz besonders der Bloch sich blöderweise nur *halb* totgelacht haben, haben wir dann tatsächlich noch an dieser bescheuerten PowerPoint-Präsentation rumgefummelt.

Bescheuert lange auch, weil wir dafür eben mein Laptop benutzen mussten. Also eben das Ding mit der Rechenleistung einer Pizzaschachtel ... oder eines Pappkartons mit Matchboxautos drin. – Such dir was aus.

Jedenfalls hat es schon irre lang gedauert, die Daten von Nadines Stick auf mein Laptop zu übertragen, und dann hat alles Weitere auch irre lang gedauert, weil mein Laptop dann ja auch immer irre lang überlegt, ob es Sinn macht, Befehle *überhaupt* auszuführen. Und gestern Abend dann, da ist mein Laptop wohl zu dem Ergebnis gekommen, dass *nichts* im Leben Sinn macht, und ...

... hat sich aufgehängt! ... Abschied für immer! ... mit einem dumpfen Knall und einem traurigen Rauchwölkchen darüber.

»Na super, Hensen! Die ganze Arbeit für die Tonne«, mault die Müller mich da total genervt an.

»Aber echt, Janny, superblöd ist das!«, jammert Lena auch ein bisschen verärgert.

Nur Bloch grinst dann dämlich: »Ach, ist doch kein Problem. Das kann ***Janny*** ja noch mal alles nacharbeiten. Mit seinem ***MacBook Pro Laptop***!«

Und da hol ich ordentlich Luft, weil ich dann aus purer Gewohnheit als Nächstes raushauen will, dass das *natürlich* kein Problem ist mit *meinem* MacBook Pro Laptop, und dann halt ich die Luft aber an, weil Lena mich so schräg von der Seite anguckt und die Nadine sowieso.

»… … … … hab-keins. Und iPad auch nicht«, quetsche ich daher nur raus.

Was dann auch niemanden mehr *wirklich* überrascht, dass ich *auch* kein iPad habe, nur lachen kann darüber auch wirklich niemand mehr. … außer Bloch! Der grinst! … triumphierend irgendwie!

*›Riesen*arschloch!‹, ist dann auch ganz normal mein dritter Gedanke, als ich mein Uralthandy wieder zurück in die Jackentasche stopfe.

Und dann denke ich aber auch noch, dass ich mich von dem Bloch nicht mehr provozieren lassen darf.

Da muss man einfach cool bleiben. Ganz besonders, wenn Lena dabei ist. Da reagieren gerade Mädchen, glaube ich, auch ziemlich empfindlich drauf, wenn man *nicht* cool bleibt. – Also wenn man beispielsweise zu jemandem *Riesenarschloch* sagt … und wenn man ihm dann zum Beispiel noch einen sportlichen Tritt in den Hintern verpasst … und ihn darauf in den Schwitzkasten nimmt und seine Birne mit der Faust ordentlich durchmassiert … – das finden gerade Mädchen alles wohl eher *megapeinlich* … und *super-uncool*, glaube ich auch.

Einfach nur cool bleiben!

Cool wie ein *Jedi-Ritter*. Also wie die Typen aus *Star Wars*. Du weißt schon: die mit den Kapuzen. Also die *Guten* jetzt. Cool und smart!

Cool und smart wie ein Jedi-Ritter betrat ich daher also auch die Bank von Blochs Daddy. ... und *pünktlich* wie ein Jedi-Ritter dann auch noch. Nämlich schon um ***zehn vor*** eins.

Und als dann aber auch um ***zehn nach*** eins immer noch keiner von meinen Teamkollegen zu sehen war, kramte ich nicht mehr ganz so cool wie ein Jedi-Ritter mein Handy raus und drückte hektisch Blochs Nummer rein, um da mal nachzuhaken, wo die bleiben.

Und als ich das erste Freizeichen am Handy höre, höre ich gleichzeitig ein anderes Handy klingeln. Ich dreh mich mächtig erstaunt in die Richtung, aus der das Klingeln kommt – aus einem Fahrstuhl nämlich, der sich gerade geöffnet hatte.

Und aus ihm heraus kommen Lena Senger, Nadine Müller, Justus Bloch und noch irgendein anderer Typ mit Anzug und Krawatte. Und dann sehe ich, wie Bloch sein klingelndes iPhone aus der Tasche zieht, draufguckt und dann das Klingeln einfach wegdrückt …

… worauf ich gleichzeitig natürlich nur noch ein Besetztzeichen auf meinem Handy habe.

»Du bist zu spät! *Viel* zu spät!«, begrüßt Nadine mich charmant wie immer, als sie mich als Erste entdeckt.

»Wieso zu spät?! Ich sitz hier schon seit 20 Minuten rum. Seit zehn vor eins nämlich.«

»Das ***ist*** viel zu spät, Janny! Wir hatten doch ***zwölf*** gesagt!«, sagt Lena dann, und »Nein, hatten wir nicht« sag ich dann wieder und halte beiden Mädchen zum Beweis auch noch mal mein Handy mit Blochs SMS abwechselnd unter die Nasen.

»Da steht *eins*, nicht *zwölf*. Aber warum …«, sagt Nadine da noch mal echt überrascht und guckt zu Bloch rüber und ich dann auch.

Und der grinst: »Oh! Ehrlich? Da muss ich mich wohl vertippt haben. Sorry, Janny. War keine Abs…«

»Duuuuuuuuuuuuuuuuuuuuu … Riesensarschloch!«, falle ich ihm da ins Wort und dann über ihn her, um ihm sportlich eins auf die Nase zu geben.

Und dann landet meine Faust aber gar nicht auf seiner Nase, sondern bleibt auf dem Weg dahin einfach in der Luft stehen. – Weil mein Arm festgehalten wurde. Von dem Typen neben Bloch nämlich. Also *dem* mit Anzug und Krawatte.

»Was ist denn das für ein Benehmen, du ***Bengel***!«, mault der Typ mich mächtig sauer an.

»Ach, lass doch, Daddy! Der gehört zu mir! Er ist *harmlos*!«, sagt der Bloch dann zu dem Typen, der sein *Daddy* ist, und *der* löst dann auch irgendwann seinen Schraubzwingen-Griff und lässt mich schließlich ganz fallen.

»Ah – *harmlos*! Na dann …«, meint Daddy-Bloch dann nur noch mal gelangweilt, klatscht sich in die Hände, als würde er sie sauber machen, und dann steigt er einfach über mich hinweg, als wäre ich ein Müllbeutel, und geht zum Ausgang rüber. Und Justus hinter ihm her. Zusammen mit Lena, meiner *Jedi-Prinzessin* …

… nur die Müller bleibt stehen, hilft mir sogar hoch und meint: »Uncool, Hensen. *Höchst* uncool!«, … und geht dann auch weg – den anderen hinterher.

Recht hat sie, die Müller. – Es *war* uncool. *Höchst* uncool. – Was ich selbstverständlich niemals zugegeben hätte. Vor der Müller schon gar nicht …

… aber wo sie recht hat, hat sie recht!

Eintrag 12 – Donnerstag, 19:05 Uhr

Leben und leben in Hamburg! – Ich ***liebe*** es!

... und die Müller hat ja echt den Schuss nicht mehr gehört, weil, mein Freund: Ich ***bin*** cool! ... und smart sowieso! *Sehr* cool und *sehr, sehr* smart – ***das*** bin ich!

Willst du wissen, warum? – Ich sag dir, warum!

... die Sache war nämlich die: Als ich eben auch aus der Bank rausgeschlurft bin, standen Lena, Nadine und Klein-Arsch-Bloch da noch vorm Ausgang rum. Zusammen mit Daddy-Bloch.

»Also, Mädels! Abgemacht! Treffen heute bei mir!«, quakte Klein-Arsch-Bloch gerade.

»Wie viel Uhr?«, frage ich noch mal nach und extrem direkt ***nur*** in Richtung *Mädels*.

»Um fünf!«, antwortet mir die Müller dann auch direkt, worauf Daddy-Bloch direkt auf mich zeigt und seinen Sohn direkt fragt: »Kommt *der* etwa auch mit?«

»Ja, Daddy! *Der* ist auch dabei. Aber ich pass schon auf!«

»Sehr gut, Junior! Nicht, dass uns da später ein paar Silberlöffel fehlen. Man weiß ja nie. ... ***hahaha*****!«**

Worauf ich echt sprachlos war, als Bloch *senior* das sagte und ich ihm auch nur unfassbar sprachlos hinterherglotzen kann, wie er zurückgeht, in seine Bank.

›Das Arsch-Bloch in der Originalversion!‹, fällt mir dann doch noch ein, was ich dann aber nur denke und nicht sage.

Und was ich dann auch nicht sage, aber *ganz klar* denke, ist, dass ich Mama gut verstehen kann.

... also für den Fall, dass sie den Bloch *senior* tatsächlich kennt. – Da kann man schon mal angespannt einen Raum verlassen, wenn ein Arsch-Bloch drin ist. Egal, ob *klein* oder *groß*. Da ist kein Unterschied.

Aber egal: Weil eigentlich wollte ich dir ja auch nur erklären, warum ich denke, dass ich cool und smart bin und dass das ganz stark mit dem Treffen bei den *Arsch-Blochs* zu tun hat, wo ich nämlich gerade herkomme.

Als ich *hinkam*, sah die Sache erst noch ein wenig anders aus: Ultrapünktlich stand ich Punkt fünf auf der Matte von Blochs Villa und drückte den Klingelknopf.

... und dann musste ich den Klingelknopf aber noch ein paar Mal drücken, bis der Bloch nach schätzungsweise drei Minuten mir dann endlich die Tür aufgemacht hat.

»Ah, ***Janny***! Auch schon da!«, begrüßte er mich.

»Ich war pünktlich, ***Blochi***!«, brummelte ich da schon leicht genervt.

»Jaja, reg dich ab und komm rein. Sind deine Schuhe sauber?«

Und da hätte ich ihm ja direkt schon wieder eine reinhauen können, so sauer war ich, aber da dachte ich noch mal an die Jedi-Ritter: ›Cool bleiben! Einfach nur cool bleiben‹ – und schleifte meine Schuhe kurz über die Matte und betrat die Bloch-Villa.

»Nicht von schlechten Eltern, was, Janny?!«, quatschte Angeber Bloch mich voll, als ich in der gediegenen Eingangshalle stand. – Marmorboden, Marmorsäulen hier und da, ein bombastischer Kronleuchter unter der meterhohen Decke und in der Mitte von allem ein schwarzes, glänzendes Pferd. ... also eins aus Stein. – *Sehr* gediegen ... und ***sehr*** geschmacklos auch.

»Jaja, Blochi, ganz toll. Wo sind die anderen?«, sag ich dann aber nur und dann ist Bloch auch zur Küche vormarschiert und ich ihm hinterher.

An dem Marmorküchentisch – in etwa so groß wie eine Tischtennisplatte – saßen Lena und Nadine und mampften Kuchen.

»Möchtest du auch ein Stück?«, fragte Bloch mich da ungewohnt höflich.

»Ja, möchte ich. Gern«, kriegte er dann auch eine höfliche Antwort von mir.

»Oh!«, machte er dann ganz erstaunt. »Leider keins mehr da. Da habe ich mich wohl verzählt.«

Und das war dann der zweite Moment, in dem ich meine Faust ungebremst in dem Gesicht von Bloch hätte einparken können. – ***Verzählt!*** – Bei ***vier*** Leuten! Eins – zwo – drei – ***vier***! Wir schwer ist das?!

»Ach, wie superschade«, nuschelte Lena dann aber mit vollem Mund und da hatte ich mich wieder voll unter Kontrolle und dachte aber auch kurz: ›Nicht mit vollem Mund, Lena.‹

»Kannst die Hälfte von mir haben, Hensen«, bot die Müller mir dann an.

»Ach, lass mal. Hab eh kein Bock auf Kuchen …«, log ich sie voll an. »… aber *danke*!«

Und als sie dann alle endlich ihre leckeren Kuchen-Teilchen verputzt hatten, führte uns der Bloch durch die komplette Villa. – Ein Raum gediegener und geschmackloser als der andere. Marmorböden hier, noch mehr Marmorsäulen da, Kronleuchter unter meterhohen Decken dort und zu jedem und allem musste der Bloch seinen Senf abgeben.

»Boooaaah!«, machte Lena zu jedem und allem und »Aha« die Müller nur.

Und weil ich gar nichts zu dem ganzen gediegenen Schrott sagte, sagte der Bloch dann irgendwann zu mir: »Da bist du sprachlos, was, ***Janny***?!«

Aber auch da behielt ich meine geballte Faust voll in der Hosentasche und der Bloch brachte uns dann endlich nach oben auf sein Zimmer, wo wir die PowerPoint-Präsentation weiter zusammenfummeln wollten. ... an seinem Rechner.

Und da, Kumpel, muss ich nun ***ganz ehrlich*** sagen: Da war ich wirklich sprachlos. – So was *hast* du noch nicht gesehen!

Der amtlich ***echte** Mac Pro* auf dem Riesenschreibtisch, der mächtige A3-Scanner, 2 – in Worten: ***zwei!!!*** – riesige Apple-Bildschirme … das ganze Drumherum! – Es war der Wahnsinn!

»Wooow!«, staunt Lena.

»Respekt«, meint die Müller.

»… und wo ist dein Drucker?«, frage ich extra-gelangweilt.

Was ein Fehler war, dass ich es fragte, weil darauf tippte Bloch lässig auf eine Taste von dem Unterschrank, worauf dann ein Mordsteil von Tintenstrahldrucker auf Schienen langsam herausgefahren kam.

»Wow! Wow! Wow!«, bellt Lena wieder.

›Wie superalbern‹, denke ich.

»Etwas albern, oder?!«, meint Nadine überraschenderweise.

Worauf ich dann auch kurz auflachen muss ... unterdrückt, knarzend, rachentechnisch ... frei von Buchstaben.

»... und damit hast du dieses superschöne Bild ausgedruckt?«, fragt Lena nach.

›Falsche Frage!‹, denke ich genervt, und die Müller anscheinend auch, weil ich sehe, wie sie kurz mit den Augen rollt und ich dann auch, weil wir *beide* wissen, was als Nächstes kommt.

Und richtig: **»Gute Frage, Lena!«**, brüllt Bloch begeistert und wetzt prompt aus dem Zimmer und kommt kurze Zeit später wieder rein. – Mit der Zeichenmappe. Mit dem Bild drin von diesem Typen drauf, der an seinem Schreibtisch abhängt.

»Eine *perfekte* Kopie! Das geht halt nur mit der *perfekten* Ausrüstung!«, legt er dann auch direkt los und schiebt in meine Richtung grinsend ein: »... wenn man sich's denn ***leisten kann***!«

›*Jedi-Ritter! Jedi-Ritter! Jedi-Ritter!*‹, hämmere ich mir da immer und immer wieder ein, während ich gleichzeitig darüber nachdenke, wie der Bloch wohl ohne Schneidezähne aussieht.

Aber auch da hatte ich mich noch im Griff, behielt meine voll angespannten Fäuste in den Hosentaschen und ließ mir *null* anmerken.

Bloch legte los, kam in Fahrt und war dann auch nicht mehr zu bremsen, als er uns dann zum *x-ten Mal* **ganz** *genau* erklärte, wie er das Original-Bild mit seinem ganzen Angeber-Krempel kopiert hat.

»Ich sag euch, Mädels«, meinte Prahl-Bloch doof zu *uns allen*. »Das wird *der* Kracher, wenn ich das Bild auf unserer Ausstellungseröffnung cool an die Pinnwand hefte. ***Der*** Megakracher!«

Nadine und ich rollten *Olympiagoldverdächtig* synchron die Augen.

Und dann schleppte der Bloch uns auch noch quer durch die Villa zu dem Büro von Daddy-Bloch, um uns das Original-Bild zu zeigen.

»Hier, *Mädels*, ist das *Privatreich* von meinem Daddy!«, erklärt Bloch uns superwichtig, als er den Schlüssel ins Türschloss fummelt. »Da darf natürlich nicht *jeder* rein. Eigentlich nur er und ich … und meine Mum manchmal auch, wenn sie vorher fragt. Für *euch* mache ich da heute mal eine Ausnahme.«

Und während er die schwere Mahagoni-Tür aufschiebt, meint er dann noch mal zu mir: »Aber nichts anfassen, ***Janny***!«

›*Jedi-Ritter* …‹, denke ich mit faustdicken Hosentaschen und schlurfe dann auch so cool wie möglich den anderen ins Büro hinterher.

Kumpel, ich schätze mal, du wirst jetzt nicht so wahnsinnig überrascht sein, wenn ich dir jetzt sage, dass auch dieser Raum *gediegen* war. *Unfassbar* gediegen sogar. Und überraschenderweise nicht *ganz* so geschmacklos eingerichtet wie der Rest von der Hütte. – In jeder Ecke standen edle Statuen rum und die kompletten Wände waren zugenagelt mit wirklich schönen Bildern.

»Wooow!«, bellt Lena.

»Nicht übel, was?! *Hähä!*«, lacht Bloch doof, während er lässig um den meterlangen Schreibtisch herumstolziert.

»Daddys persönliche Kunstsammlung. Sein Hobby. Kein billiges, sag ich euch, *hähä*! Nur das Feinste vom Feinsten! Ein echter Kunst-Profi eben ... *hähä*!«

Sagt es und lässt sich oberdoof-lässig in den Ledersessel hinter dem Schreibtisch fallen.

Und dort öffnet er betont langsam eine Schublade, zieht eine noble Ledermappe aus ihr heraus und legt sie *extrem betont* langsam vor sich hin und klappt sie auf.

»Voilà! Seht her! Das Original!«, näselt Prahl-Bloch.

»Oooh, wie aufregend!«, schluchzt Lena.

»Ja ... Wahnsinn!«, stöhnt die Müller.

»Sieht doch ganz anders aus!«, meine ich dann gelangweilt.

Was gelogen war! Das Original sah exakt so aus wie die Kopie in Blochs Zimmer.

Deshalb wetzte Bloch dann auch wieder los und kam mit seiner Zeichenmappe zurück.

Er knallte sie offen auf den Schreibtisch, direkt neben die Ledermappe mit Daddy-Blochs Original drin, und blaffte mich an: »Da, Hensen! ***Absolut gleich!***«

»Boooah woooow!«, fing Lena wieder an zu bellen und Nadine bemerkte gelangweilt: »Stimmt, Hensen! Null Unterschied!«

Null *Unterschied* sah ich da auch blöderweise und fragte mich gleichzeitig, wie meine Mutter auf Anhieb erkennen konnte, dass Blochs Ausdruck eine Kopie war. – Aber da dachte ich dann auch, dass sie ja schließlich in einem Museum arbeitet und solche Sachen einfach draufhaben muss. … dafür wird sie ja schließlich auch bezahlt.

›***Null*** Unterschied sehe ich‹, denke ich also, setze aber ein müdes Lächeln auf und gähne: »Komm, ***Blochi***! Das sehe ich doch! Ich bin schließlich der Sohn einer *Kuratorin*, falls dir das überhaupt was sagt. Einem ***echten*** Kunst-Profi, falls dir das *mehr* sagt.«

Da sagt der Bloch erst mal nichts drauf, kriegt aber vor Wut ordentlich Farbe ins Gesicht. – Das war schön! Ich spürte förmlich, wie der innerlich kochte vor Wut. Wie die Typen in Star Wars, wenn sie eins auf die Nase kriegen. Also die *Bösen* jetzt. Die *Sith* eben. Die mit der dunklen Macht … und Kapuze eben auch.

Und dann hat der Bloch sich aber im nächsten Moment *leiderleiderleider* wieder schnell im Griff und wackelt extra lahmarschig quer durch Daddy-Blochs Hobbyraum bis zur nächsten Wand. Da bleibt er stehen, tut so, als würde er sich eins von den Bildern an der Wand angucken, und sagt so ganz nebenbei und supergelangweilt: »Weißt du, Janny! *Das* ist der Unterschied! Die ***gewöhnlichen*** Menschen arbeiten für die Kunst, die ***besonderen*** besitzen sie ganz einfach!«

Da gucken ihn dann auch Lena und Nadine fassungslos an und Nadine sagt dann auch zu ihm: »Gott, Bloch, geht's noch?!«, und Lena supersüß empört: »Justus, das ist jetzt aber *wirklich gar nicht* nett von dir.«

Ich persönlich sage *nichts*. Ich merke nur, wie mir da oben im Kopf sämtliche Sicherungen aller Art durchbrennen. – *bzzz...bzzz...bzzz ...* ***PANG!***

Aber, mein Freund, jetzt kommt der Punkt, auf den ich eigentlich schon die ganze Zeit hinauswill: Ich bin ***nicht*** ausgerastet. Ich habe mich ***nicht*** auf Bloch gestürzt. Ich habe ihm ***nicht*** die Nase gebrochen. – Nein, Kumpel, ich habe mir ***nichts*** anmerken lassen und blieb *einfach nur cool*! – Und dann kam eben auch noch *smart* obendrauf. Ein genialer Geistesblitz, der ungesichert quer durch meine Birne schoss, und dann ...

... vertauschte ich die Bilder! *Unbemerkt*, versteht sich.

Während Nadine und Lena noch ordentlich empört zu dem Bloch rüberglotzten und er selber immer noch so tat, als würde er sich eins von diesen Pupsbildern an der Wand angucken. – *Da* vertauschte ich sie! Daddy-Blochs wertvolles Original aus der Ledermappe mit der billigen Klein-Arsch-Bloch-Witzkopie.

Schnell, geschickt und unbemerkt! – Ich war *sehr* zufrieden mit mir. Und als der Bloch dann schließlich wieder zum Schreibtisch zurückwackelte, Daddys Ledermappe einfach zuklappte und zurück in die Schublade legte, da war ich nicht nur sehr zufrieden, sondern *unfassbar* glücklich!

So glücklich, dass mir dann später sogar komplett egal war, dass der Bloch nach der elenden PowerPoint-Fummelei für jeden eine Cola aus der Küche hochholte. – Eine für Lena, eine für Nadine, eine für sich selbst und *keine* für mich! – Weil er sich *angeblich* mal wieder verzählt hatte.

Mein Freund, ich sage dir: Bloch *hat* sich verzählt! Aber deutlich! Weil er nicht mit *mir* gerechnet hat und mit meinen genialen Ideen schon gar nicht. – Ich würde sogar sagen: Von all meinen Ideen, die ich in den letzten 13 Jahren hatte, ist diese die *allergenialste*! Der amtliche *Jan-Hensen-Doppelwhopper.* – Also *zwei Schmeißfliegen mit einer Klappe*, wenn du so besser verstehst, was ich meine.

... was ich meine, ist Folgendes: *Schmeißfliege Nummer eins!* Der *feine* Herr Bloch senior ... die doofe Sau! Wenn der spitzkriegt, dass sein extrem wertvolles Original von *ganz* ***gewöhnlichen*** Reißzwecken durchbohrt an unserer Schul-Pinnwand rumhängt, dann wird ihm das Herz bluten. – Und er *wird* es spitzkriegen! Dafür werde ich sorgen! Am Tag der Ausstellungseröffnung unserer *wunderschönen* Projektwoche!

Im richtigen Moment werde ich mich neben ihn stellen. Vor der Pinnwand wird das passieren. Und dann werde ich ihn fragen: »Oh, Herr Bloch, ist das nicht zufällig das Original aus Ihrer beeindruckenden Kunstsammlung, welches Ihr sympathischer Sohn hier an diese Pinnwand hingehängt hat, durchbohrenderweise mittels *gewöhnlicher* Reißzwecken ... *Fragezeichen*«

Dann wird er *vielleicht* noch irgendwas antworten. Wahrscheinlicher wird aber sein, dass der keinen einzigen verständlichen Satz mehr rauskriegt ... vor lauter *Herzbluterei*.

Schmeißfliege Nummer zwei: Bloch junior! Bei dem wird auch was bluten. Seine Nase nämlich. Mittels Schmeißfliege *Numero uno*! – Herrn Bloch eben! Kurz nachdem ich ihm eine Frage gestellt haben werde.

Leben und ***leiden*** *in Hamburg*! Ich *freu* mich so!

Eintrag 13 – Donnerstag, 21:00 Uhr

Klitzekleine Korrektur zu *Eintrag 12*: Von allen Ideen, die ich in den letzten 13 Jahren hatte, war diese die dämlichste, hirnverbrannteste ... ***ungenialste*** überhaupt! – Das weiß ich jetzt! ... fertig! Aber echt! ***Echt fertig*** bin ich!

183

... obwohl ich dir ja wenigstens noch kurz erklären könnte, warum ich jetzt weiß, dass meine Idee mit dem Bildertausch so überraschend *ungenial* war ...

Wissen tue ich das seit dem Abendessen! Seit gerade eben ... eben.

Dabei war zunächst alles bestens. Hochgradig gut gelaunt und hungrig wie ein Wolf fiel ich über meine Pizza *Diavolo* her. Und auch Papa und Hannah hauten ordentlich rein. Nur Mama sägte stumm an ihrer Pizza *Vier-Jahreszeiten* rum, als würde sie auch *vier* ganze Jahreszeiten brauchen, um sie vollständig zu verputzen.

»Du isst ja wieder nichts. Alles in Ordnung, Schatz?«, fragt Papa ein kleines bisschen besorgt bei ihr nach.

»Murmel, murmel ...«, murmelt *Schatz*.

»... ... ... ah, verstehe«, brummelt Papa dann und hakt dann aber auch nicht weiter nach, weil er eh weiß, dass Mama *kunst*-technisch voll gestresst ist und dass es dann einfach auch mal besser ist, das Thema nicht zu vertiefen.

»Mama und ich! – Sklaven der Kunst!«, trompete ich noch mal in Bestform raus.

Da ernte ich aber nur ein allgemeines Stöhnen, was aber auch vielleicht daran liegt, dass ich diesen Hammergag schon mal rausgehauen hatte.

»Innerlich lache ich mich tot«, schmatzt Hannah mich dann auch angeödet von der Seite an.

»Nicht mit vollem Mund!«, predigt Papa und dann fragt er die Schmatz-Kuh, wie denn ihr Tag so war und was sie so gemacht hätte.

Hannah würgt brav das Stück Pizza Hawaii runter und antwortet: »Supi war's. War bei Steffi.«

Worauf ich mir verkneifen muss, laut loszuprusten – mit einer halben Pizza Diavolo im Mund.

Weil ich weiß, dass Hannahs Antwort mal wieder stumpf gelogen war. – Bei Patrick war sie wieder und mit dem läuft es momentan wohl eher nicht ganz so *supi*. Hab ich gestern Abend alles noch mal nachgelesen. Auf ihrer *WhatsApp*. Als sie mal wieder stundenlang das Bad blockiert hat, da hab ich's gelesen. Schließlich will man ja auf dem Laufenden bleiben und außerdem wollte ich wissen, warum die Kuh vorzeitig nach Hause gekommen ist … und so voll doof in meinen perfekten Plan reingetrampelt ist.

Egal alles – Hannah hat stumpf gelogen und dann hat Papa mich gefragt, wie mein Tag war, und ich sag wahrheitsgetreu und bestgelaunt: »Geil war's! … war bei Blochs!«

Und da, mein Freund – urplötzlich, unerwartet, mit einem Mal – knallt meine Mutter ihr Besteck auf den Tisch und sagt oberangespannt schrill: **»*Bloch!* Ich kann diesen Namen nicht mehr hören!«**

»Bloch«, wiederholt mein Vater doof. »Der Banker? Wieso denn, Petra? Was ist mit dem?«

»Er ist ein Arschloch!«, antworte ich für *Petra* fröhlich.

»Also *bitte*, Jan! Mäßige dich«, maßregelt mein Vater mich und dann guckt er aber gleich drauf meine Mutter wieder fragend an.

Und die druckst dann eine Weile rum und nuschelt schließlich: »*Bloch* ist der Sponsor! *Er* ist derjenige, der meine Ausstellung finanziert.«

Was mich persönlich dann ein kleines bisschen überrascht, dass ausgerechnet *er* es war. Und dann auch noch *anonym*. Namenlos geheim also. Ausgerechnet dieser Großkotz!

»Aber das ist doch toll, Schatz!«, freut sich Papa. »Wo liegt das Problem?«

»WO DAS PROBLEM LIEGT?«, tickt Mama da komplett aus. **»BLOCH IST DAS PROBLEM! ER *IST* EIN ARSCHLOCH!«**

»YESSS! Sehr gute Wortwahl, *SCHATZ*!«, lobe ich meine Mutter höchst begeistert.

»*Sprache*, Petra! *Sprache!*«, erinnert mein Vater sie daran, dass ihre eigenen Kinder mithören.

»ARSCHLOCH! ARSCHLOCH! ARSCHLOCH!«, haut sie da aber noch mal super extra raus. **»VERSPROCHEN HAT ER'S MIR. HOCH UND HEILIG!«**

Und da, mein Freund, hat nicht nur Papa sie noch mal sehr überrascht angeguckt. Auch ihre Kinder. Also ich und die *Kuh*! – Was sollte Bloch ihr versprochen haben? Und dann auch noch *hoch und heilig*. Das war alles ziemlich seltsam und meine Mutter war es auch. – Wir *alle* also glotzten sie überrascht, fragend und mächtig neugierig an.

Und da druckste sie erst wieder lange rum, und weil sie dann wohl merkte, dass sie aus der Nummer nicht mehr rauskam, sagte sie schließlich: »... meine Ausstellung! Ich habe sie ins Rollen gebracht. Vor *Monaten* schon! Die Verträge für die Leihgaben – für die Bilder aus aller Welt. Unendlich wertvoll – die Versicherungen, die Transporte ... *alles* habe ich organisiert.«

»Das ist dein ***Job***, Mama! Dafür wirst du bezahlt!«, lege ich da noch mal bestgelaunt einen Joke der Extraklasse ein.

»Seeehr witzig, du Spasti!«, mault meine spaßfreie Schwester mich doof an.

»Hannah! Es reicht!«, reicht es meinem Vater, weil er ihr auch bestimmt schon 100.000 Mal gesagt hat, dass sie mich so nicht nennen soll.

Und dann war das aber auch wieder komplett egal, wie Hannah mich seit 13 Jahren nennt, weil Hannah und Papa dann wieder Mama fragend anglotzten. ... und ich dann eben auch.

Und da druckst sie erst wieder elendig lange rum und quetscht dann raus: »... ohne Genehmigung der Museumsleitung!«

»???«, staunen Papa, Hannah und ich die drei Fragezeichen.

»Ich war so naiv. So dumm!«, jammert Mama weiter. »Ich war mir ***so*** sicher, dass ich meinen Chef schon davon überzeugen könnte, dass diese Ausstellung wichtig ist – *einzigartig*! Konnte ich dann aber gar nicht. Erst als ich ihm erzählt habe, dass ich jemanden gefunden hätte, der das alles bezahlt, hat er eingewilligt. Diesen *Jemand* ... diesen *Sponsor*, den gab es aber gar nicht ... den hatte ich einfach erfunden!«

Und da, mein Freund, kamen Papa, Hannah und ganz besonders ich aus dem Staunen gar nicht mehr raus. – Sie hatte *gelogen*! Meine *eigene* Mutter!

... weil sie mächtig unter Druck stand. Weil sie etwas ins Rollen gebracht hatte, was sie gar nicht bezahlen konnte. Ihre Ausstellung eben. Und da ist ihr aber dann der Bloch eingefallen, wie meine Mutter dann noch mal alles erklärte. Den Bloch kannte sie von irgendwelchen Kunst-Auktionen her, weil der da ja auch ständig hinrennt, um sich neue Bilder für seinen Hobbyraum zu kaufen.

Und da hatte Mama sich gedacht, wenn der so ein leidenschaftlicher Kunst-Fan mit reichlich Kohle ist, dann macht der vielleicht auch für ihre Ausstellung was locker, und deshalb ist sie zu ihm in die Bank.

Und weil der Bloch sie da wohl total nett empfangen hat – was weiß ich, mit Kuchen oder mit einer Extraflasche Cola auch –, weil er sich eben voll bei ihr eingeschleimt hat, hat sie ihm alles erzählt. *Alles!* Die ganze Geldnot! Die komplette Lügengeschichte!

Und genau an dem Punkt hat sie dann eben auch gepeilt, was Bloch wirklich ist ...

»… ein **ARSCHLOCH**! Erpresst hat er mich dann! Hat gesagt, dass er mir *selbstverständlich* das nötige Geld geben kann. *Nicht* sein eigenes. *Das* von seiner Bank. Da könnte er schon was drehen, dass es nicht auffällt. *Dafür* aber wollte er ein Bild! Ein *ganz bestimmtes* aus dem Museumsbesitz! Für seine eigene Kunstsammlung. – *Als **Dauerleihgabe**! – Nur so zur **Sicherheit***, meinte er. – **Pah! *Zur Sicherheit!*** – ***Erpresst*** hat er mich! Weil wenn ich mich nicht darauf einlassen würde, könnte er nicht dafür garantieren, dass mein Chef ***nicht*** von meiner *kleinen Flunkerei* erfahren würde. Mein Chef wäre schließlich einer seiner besten Bankkunden. Und da wäre *Ehrlichkeit* schließlich das oberste Gebot.«

Und dann holt Mama noch mal ordentlich Luft und äfft tierisch laut und schrill den Bloch nach: ***»ICH VERSPRECHE ES IHNEN, FRAU HENSEN. – HOCH UND HEILIG, FRAU HENSEN. – DAS BILD IST BEI MIR ABSOLUT SAFE, FRAU HENSEN – DAS BLEIBT UNSER KLEINES GEHEIMNIS, FRAU HENSEN.*** **– KOTZEN KÖNNTE ICH!«**

»Petra, bitte.«

»… UND DANN ERFAHRE ICH, DASS ER SEINEM SOHN, DIESER EINGEBILDETEN KLEINEN *RATTE* …«

»Petra, ***bit-te***!!!«

»… DASS ER SEINEM *JUSTIN* EBEN …«

»Die Ratte heißt *Justus*!«, korrigiere ich vergnügt.

»UNTERBRICH MICH NICHT DAUERND!«, brüllt Mama *mich* dann voll ungerecht an und dann aber wieder weiter im Text:

»… Wie der Bloch seinem *Justus* das Bild in seine Patschhändchen gedrückt hat, damit dieser Schwachkopf es auf seinen Scanner knallen kann! Das lichtempfindliche Original! *Unschätzbar wertvoll!* Auf einen *beschissenen* Scanner!!!«

»Petra, *bit-te*!!!«, ermahnt Papa seine Petra noch mal wegen all der Kraftausdrücke, *die nie ein Kind zuvor gehört hatte*, und sagt dann aber auch noch mal ruhig: »… okay, Petra! Das ist natürlich eine dumme Sache mit dem Bild und dem Justin …«

»*Justus* heißt die Ratte«, weiß dann sogar Hannah.

»… und dem ***Justus**, der Ratt*… … ich meine, Petra – mein Gott – sag's der Museumsleitung und dann soll der Bloch das Bild gefälligst wieder zurückgeben, wenn er nicht drauf aufpassen kann.«

Und da, mein Freund, druckst meine Mutter wieder nervig lang rum, um dann aber auch *endlich irgendwann* zu nuscheln: »Das Museum weiß nichts davon! Das hätten sie mir *niemals* erlaubt ... das Bild lag aber im Archiv ... *das* Archiv, das ich persönlich verwalte ... es war so *einfach*! ... und da hab ich's halt ***so*** genommen ... *drucks drucks* ... ***ohne*** zu fragen.«

Und dann war Schweigen! – Die totale Sprachlosigkeit. Papa, Hannah und ich glotzten Mama an. Ganz lange. Ganz sprachlos.

»Mein Gott! Das ist ja *unerträglich*! Warum sagt denn niemand was?«, zickt Mama nach einer Weile des Schweigens rum.

Worauf dann Hannah irgendwann – und echt *ziemlich vorsichtig* auch – antwortet: »Na ja, Mum! Du hast geklaut! Und nicht gerade bei *KiK*! Was soll man darauf sagen?!«

»Das ist doch wohl ... das ... eine Frechheit ist ...«, bringt meine Mutter da total empört ein paar Satzbausteine durcheinander, bis Papa sie dann wirklich *sehr*, ***sehr*** vorsichtig unterbricht: »Petra! Das Kind hat recht. Du hast *geklaut*. Gestohlen! Im eigenen Museum.«

Schweigen! – Die komplette Familie Hensen hatte sich nichts mehr zu sagen. Alle waren mächtig sprachlos und ich dann sowieso. Weil ich selbst nur noch mit zwei Worten beschäftigt war, die meine Mutter vorher irgendwann mal rausgehauen hatte: ***unschätzbar*** und ***wertvoll***.

Meine hochgradig gute Laune begann zu sinken. Wie in einem Fahrstuhl. Weil ich nachdachte. – War es möglich, dass die *allergenialste* Idee, die ich in den letzten 13 Jahren hatte, tendenziell doch wohl eher der *größtmöglichste Haufen Scheiße* war, den ich jemals gebaut hatte?

Da hatte ich so ein *kleines* Gefühl von einer Antwort, aber da wollte ich dann auch noch mal auf *Nummer sicher* gehen und frage meine Mutter: »Wie *unschätzbar wertvoll*?«

»Was?«, fragt sie überrascht zurück.

»Ich meine ... das *Bild*! Wie teuer ist es? – Also angenommen, ich hätte – sagen wir mal: 100 Euro! Würde das reichen, um mir davon so ein Bild kaufen zu könn...«

»HA!«, lacht sie da komplett irre auf. »Das Kunstwerk *Selbstbildnis mit aufgestütztem Arm* von Caspar David Friedrich hat einen aktuellen Marktwert von **200.000 Euro** und ...«

... dann machte es plötzlich ***KLONK***. – Deshalb, weil ich nämlich plötzlich samt Stuhl hintenrüberkippte und mit meiner Birne voll gegen die Heizung gedonnert bin.

Ich *hatte* die amtliche Klarheit ... und eine *amtliche* Beule auch noch obendrauf. Am Kopf nämlich. Birne gegen Heizung. – Was ganz gut daran war, weil alle dann dachten, dass ich deshalb auch keinen Ton mehr rauskriegte, was vom Prinzip her auch nicht *ganz* falsch war ... aber eben auch nicht *ganz richtig*! – Mein Fahrstuhl war angekommen! ... meine Laune war komplett im Keller. – Ganz unten!

Ich wurde dann wieder ordentlich auf den Stuhl gesetzt und meine Mutter sagte dann noch mal sehr ernst zu Hannah und mir: »Kinder! Diese Geschichte darf diesen Raum ***niemals*** verlassen! Versprecht mir das bitte!«

»*...gnn...ng...*«, verspreche ich irgendwas.

»Kein Thema, Mum«, verspricht Hannah fröhlich. »Lügen haben eh kurze Beine. Die kommen nicht weit!«

»*Unheimlich* witzig, Hannah!«, stöhnen Papa und Mama fast gleichzeitig und Papa höre ich noch sagen: »Wenn das rauskommt, hat eure Mutter *ganz*, ***ganz*** große Probleme. Sie wird ihren Job verlieren. Ihren guten Ruf! Ihre ganze Karriere steht auf dem Spiel! Ganz zu schweigen von der Anzeige und der Poliz...«

»Thomas, jetzt übertreib mal nicht!«, unterbricht Petra ihren Thomas, worauf Thomas seine Petra wieder ganz lange und diesmal *verdammt ernst* anschweigt.

Petra – also *Mama* – schluckt hörbar und sagt dann zu Hannah und mir *verdammt ernst*: »***Top secret!*** Kein Wort! Zu *nichts* und *niemandem*!!! Das ist ein **Befehl**!!!«

... und das war's, mein Freund! Ende der Geschichte! Fertig! *Echt fertig* bin ich!

... und *echt sauer* bin ich auch! Auf meine Mutter! Wenn ich doch nur geahnt hätte, was sie da für einen Haufen Scheiße gebaut hat. Wenn sie uns nur *einen verdammten Tag* vorher erzählt hätte, was Sache ist – ***niemals*** hätte ich dann selbst diesen *extremen* Haufen noch obendrauf gebaut.

... aber nun ist es zu spät. Am Montag wird das Bild in unserer Schule hängen. – *Selbstbildnis im Abhängmodus* von Caspar *Dings* Friedrich. Das Original-Kunstwerk für unfassbare 200.000 Euro! Durchbohrt von Reißnägeln! – Sichtbar für die komplette Weltöffentlichkeit.

Alles wird auffliegen! Die *ganze* Geschichte! Der komplette *Jan-Petra-Hensen-Doppel-Whopper-Haufen Scheiße* wird uns um die Ohren fliegen. Und dann sind wir dran. Mama wird gefeuert und wird *nie wieder* einen Job kriegen. *Höchstenfalls* noch bei *KiK* ... als Putzfrau. ***Wenn*** überhaupt! Wenn sie nicht direkt verknackt wird ...

… und ich dann sehr wahrscheinlich auch! Weil das kennt man ja aus dem Fernsehen. Die Polizei hat ganz miese Verhörmethoden, mit denen sie einen knacken kann. *Mit der Schreibtischlampe blenden* oder *den Kopf minutenlang unter Wasser halten* oder *stundenlang ein Lied von Justin Bieber laufen lassen* – da wird doch jeder weich am …

… ***Ende*** vom Lied!

Eintrag 14 – Freitag, 5:45 Uhr

... ich habe nachgedacht! Schon wieder! Die ganze Nacht lang diesmal!

Und – mein Freund – das Ergebnis von allem ist: Ich bin weniger fertig, als ich dachte! *Genial* bin ich! Alles wird gut!

Gut wird alles deshalb, weil ich einen Plan habe. Der ist so simpel, wie er genial ist: Ich werde Justus Bloch sagen, dass das Bild in seiner Zeichenmappe das Original ist. In exakt drei Stunden und zwölf Minuten werde ich dieses tun. Um 8:45 Uhr. *Nach* der letzten Teambesprechung also. – *Auf* dieser letzten Teambesprechung sollen die Teams Teile ihrer Projekt-Arbeit präsentieren. Darum hatte Günther gebeten.

Und Fakt ist daher: Justus Bloch wird das Original-Bild mitbringen. Hundertprozentig! Damit er damit angeben kann. Vor Günther und allen anderen Teams.

... Fakt ist übrigens auch, dass ich persönlich *nichts* mitbringen werde. Weil ich nichts habe, was ich da mal hochhalten könnte. ... was ein bisschen doof ist, weil bis Sonntagabend muss ich das Protokoll allerspätestens abliefern. Damit es eben noch in die PowerPoint-Präsentation reingetippt werden kann.

AKTUELLER PROTOKOLLÜBERSCHLAG!
WAS HABE ICH ZU BIETEN?
↑ALSO THEMATISCH JETZT!
WIR RECHNEN HOCH: 201 VOLLE SEITEN MIT DURCHSCHNITTLICHEN 19 SÄTZEN PRO SEITE
JE SATZ MACHT DAS ~~6~~ 7 WÖRTER IN ETWA.
DAS WÄREN GANZ GENAU (7×19=) 133 WÖRTER PRO SEITE. UND ...
... 133×201 = 26733 WÖRTER INSGESAMT!
↳HIERVON ZUM THEMA: HOCHGESCHÄTZTE 0 (NULL)
0 (NULL) IST GLEICH: NICHTS
ERGEBNIS:
ICH HABE NICHTS ZU BIETEN!
EXTREM NULL! (0)

... aber egal erst mal! Fakt *eins* zählt jetzt: Bloch und das Bild!

Und dann, um Punkt 8:45 Uhr, tritt Plan G – *G* wie ***Genial*** – in Kraft. Ich werde mir den Bloch krallen und ihn ganz freundlich fragen: »Sag mal, Justus, war das Absicht oder ein Versehen, dass du die Kopie mit dem Original vertauscht hast?«

Da wird er erst mal irgendwas total Bescheuertes drauf sagen. Vielleicht was in Richtung: »Netter Versuch, *Janny*!« oder »Was für ein dämlicher Trick ist das, *Janny*?!«, und »Troll dich, *Janny*, und spiel mit deinen Matchboxautos, *Janny*!« wird er möglicherweise auch noch hinterherschieben.

Worauf ich mich erst mal wieder jedirittermäßig voll zusammenreiße, um dem Arschloch ***nicht*** gleich ein paar aufs Maul zu hauen und ihn sowieso einfach nur angrinsen werde. Cool, überlegen, abfällig ... von ganz oben auf die *Bloch-Wurst* herab.

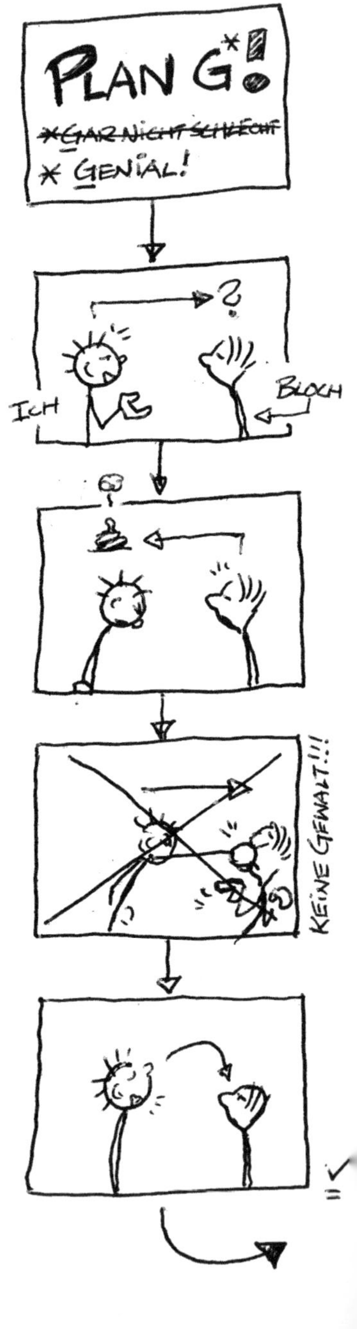

Das wird ihn stark verunsichern, und auch wenn er mir keinen Mikrometer über den Weg traut: Er wird im nächsten Moment *garantiert* das Original aus seiner Zeichenmappe ziehen, um es sich noch mal genauer anzusehen. Denkbar, dass er Kopie und Original genauso wenig auseinanderhalten kann wie ich, aber sagen werde ich: »Ist mir eben in der Teambesprechung sofort aufgefallen, dass es das Original ist«, und »Bin ja schließlich der Sohn eines ***echten*** Kunstprofis« werde ich ihm auch noch mal deutlich sagen.

Was ich ihm *nicht* sagen werde, ist, dass *ich* es war, der die Bilder vertauscht hat. Das muss der Bloch gar nicht wissen.

Was der Bloch aber auf jeden Fall wissen muss, ist, dass das Bild von diesem Kunst-Kasperle ganze 200.000 Eier wert ist ***und*** aber ganz sicher **nicht** seinem bescheuerten Daddy gehört. Dass er es sich *irgendwie* nur geliehen hat! Von meiner Mutter! ... also vom *Museum* eben!

… diesen krummen Deal, der da zwischen Daddy-Bloch und meiner Mutter gelaufen ist, *den* werde ich dabei natürlich *nicht* erwähnen. Das bringt den Bloch dann ja auch nur ganz durcheinander.

Und *dann* werde ich ihn fragen: »Was glaubst du, wie meine Mutter wohl reagiert, wenn ich ihr mitteile, was ***du*** da für einen Haufen Scheiße gebaut hast?«, und »Wie dein *Daddy* reagiert, wenn er erfährt, dass sein eigener Sohn ihn bestohlen und betrogen hat, möchte ich mir ja erst gar nicht vorstellen« werde ich ihm auch noch *supermitfühlend* reindrücken.

Darauf wird er vielleicht anfangen loszuwimmern. Irgendwas in der Art von: **»Bitte, bitte, lieber Jan! Verrat mich nicht! …** ***wimmer wimmer!*****«**

Worauf ich dann aber erst mal unerträglich lange schweige und gar nichts sage. Und dann aber doch irgendwann und supergroßzügig: »Okay … ***Blochi***! Bring das Bild einfach dahin, wo du's herhast. Und gut is! Hat ja auch keiner was von, wenn du und dein Daddy ins Gefängnis wandern.«

Dann wird er mir sehr wahrscheinlich vor Dankbarkeit um den Hals fallen wollen und wird das Bild aber gleich drauf zurückbringen. In den Hobbyraum von seinem Daddy. Zurück in die Angeber-Ledermappe aus seinem Schreibtisch wird er es legen.

Kumpel, ich weiß! Das ist nicht die *ganz* feine englische Art. Eher sogar das komplette Gegenteil – verschlagen und böse ... wie ein *Sith*!

... wie der *Bloch* aber eben selbst auch ist – *verschlagen und böse*!

Da wird einfach nur *Gleiches mit Gleichem vergolten*! ***So*** musst du das sehen!

Leben und ***sterben*** in Hamburg! ... einfach nur genial!

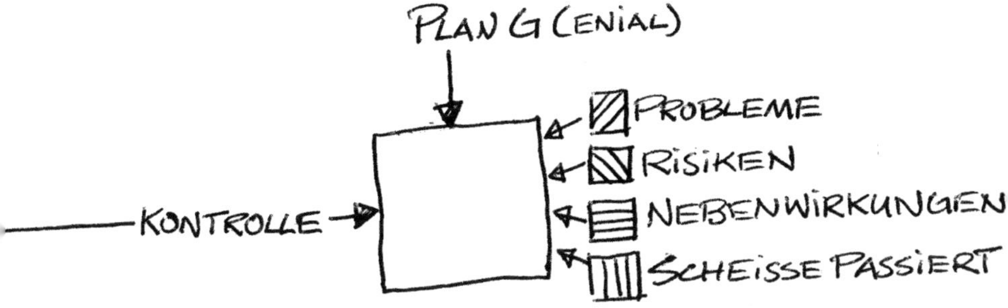

Eintrag 15 – Freitag, 11:01 Uhr

Plan G schlug fehl! Aber voll!

... dabei lief alles so wie berechnet: Die Teams brachten Teile ihrer Arbeiten zum Vorzeigen mit. Günther hampelte von Tisch zu Tisch und kriegte jedes Mal einen Anfall vor lauter Begeisterung: **»Aaaaah, wie originell!«**, brüllte er ein gigantisches Collageposter an. Zugekleistert mit Hamburg und Herzchen. ... und **»TOLL! Einfach nur TOLL!«**, rief Günther, als man ihm ein monströses Drahtgestell präsentierte. ... und **»JAAA! Jetzt kann ich's auch lesen! TOLL!«** noch hinterher, als das Drahtwurschtel-Team ihm erklärte, dass es ein Spruch sein soll! – ***Leben und leben in Hamb*** – für das ***urg*** reichte das Material nicht mehr.

Nur bei dem Hamburger-Pappmaché-Team, da machte er ein ganz betroffenes **»Ooooh, wie jammerjammerschade!«**, als man ihm erklärte, dass ein Großteil der Hamburger Innenstadt zerstört worden sei.

»... weil Jonas, dieser **Trottel**, sich draufgesetzt hat!«, knurrte Marie da auch noch mal direkt den Jonas an.

»Und was habt ihr denn TOLLES mitgebracht?!«, hampelte er brüllend dann auch noch mal zu dem Team von Gerrit, Sebastian, Hendrik und Cemal rüber. Und *der* dönerte auch gleich wieder los: »Äy sorry, Günther, äy. Aber passt nisch durch Tür, unser voll krass fett tollgeile Arbeit!«

Und Hendrik Lehmann darauf noch: »Außerdem stehen wir mit unserem Projekt W.Z.A.***K.***H.V.C. sehr unter Zeitdruck.«

»*W.Z.* ... was?«, fragt Günther nach.

»...*A.H.V.C.*«, ergänzt Gerrit ohne ***Komma.*** »Es ist ein Kürzel!«

»Ach!«, staunt Günther.

»Ein *Arbeitstitel* für unser Projekt!«, erklärt Sebastian dann auch noch mal und dann stehen alle vier einfach auf und gehen zur Tür raus.

»Wo wollt ihr…«, fragt Günther.

»Äy, Günther, äy! Sorry, Mann! Kein Zeit für Laberstunde!«

Sagt Cemal, knallt die Tür von außen zu und lässt den Günther doof im Klassenraum stehen.

Und da, Kumpel, war so ein Moment, wo ich es doch schon sehr bereut habe, dass ich mich nicht von Anfang an für das Team meiner Kumpels entschieden hatte. Eine Menge Ärger hätte ich mir erspart und jede Menge Spaß dafür gehabt. Im Stadtpark. Abhängen mit meinen Kumpels. … *Ex*-Kumpels vielleicht. Da muss ich mich halt noch mal drum kümmern.

Wie auch immer: Günther stand doof im Klassenraum rum und war vielleicht auch ein kleines bisschen beleidigt, dass die einfach *so* abgehauen sind.

Da kriegt er sich aber schnell wieder ein und hampelt dann auch endlich zu dem Tisch von unserem Team rüber.

Und wie vorausgesagt, kramt Angeber Bloch sofort seine Mappe aus seinem Rucksack und hält dem Günther gleich drauf das Bild vom *Abhänge-Kasperle* unter die Nase.

»TOLL!«, brüllt Günther es begeistert an.

»Ich weiß!«, antwortet Bloch.

Und dann hatte ich mich schon innerlich darauf eingestellt, dass der Bloch jetzt wieder einen gnadenlos langen und öden Angeber-Vortrag hält.

... und die Nadine Müller anscheinend auch innerlich, weil sich da nämlich kurz unsere rollenden Blicke begegneten, als Bloch dann tatsächlich loslegte.

Er posaunte raus, wie viel Arbeit in diesem Bild steckt und *wie* wertvoll es von daher sei.

›Du *Spacko*! Du hast ja keine Ahnung, ***wie*** wertvoll!‹, grinse ich da noch innerlich.

Und dann aber, ganz plötzlich und mega-unerwartet, schiebt Spacko-Bloch das 200.000-Eier-Bild plötzlich zu Lena rüber und sagt ganz stolz: **»Hier, *Lenchen*! Das schenk ich dir!«**

Von jetzt auf gleich brach mein innerliches Grinsen in sich zusammen.

»Wooow! Wie supi ist das däääänn?! DANKE, Justus! DANKE! Wow! Wow! Wow!«, bellt das *Lenchen* ... aber mal so **richtig** *supi-doof*. – Aber welcher Mensch ist schon perfekt. *Jeder* hat so seine Macken. Lena bellt halt gern. Und da können wir bestimmt auch noch mal drüber reden, wenn wir erst zusammen sind. ... also über Dinge, die einem echt auf den Sack gehen bei dem anderen! ... aber das hat ja auch alles noch Zeit und gedanklich war ich eh ganz woanders, als Lena *supi-doof* bellte.

Entsetzt starre ich den Bloch an und Bloch grinst zurück. Triumphierend!

»TOLL! EINFACH NUR TOLL!«, wiederholt Günther sich vor lauter Begeisterung, während Nadine Müller im Endlosmodus die Augen rollt.

»Dreh das Bild doch bitte einmal herum, Lena«, bittet der Bloch dann die Lena.

Und Lena dreht das Bild brav um und bellt wieder los. ... ***»Wow!«***

Das tat sie deshalb, weil auf der Rückseite etwas geschrieben stand. – *Für Lena!* stand da. In dieser eckigen Fingerkrampf-Klaue von dem Bloch. Mit Bleistift nur. Aber auf der Rückseite von einem 200.000 Euro teuren Originalbild, das meiner Mutter gehört ... also dem Museum meiner Mutter ... also dem Museum, in dem sie arbeitet ... *noch* arbeitet!

Ich starre auf die Widmung ... *unfassbar* entsetzt!

Und im nächsten Moment starre ich *unfassbar-**supi-doof**-entsetzt* Lena an.

Weil die sagt dann nämlich im nächsten Moment zu dem Bloch, dass er ihr das Bild doch bitte signieren möchte. Seinen Namen soll er draufschreiben. Auf die Vorderseite!

»Sehr gern, liebe Lena!«, sagt Bloch da prompt und zückt gleichzeitig einen Stift aus seiner Jackentasche ...

... einen ***dicken – schwarzen – Edding*!**

Un...beschreiblich-unfassbar entsetzt starre ich *ihn* nun wieder an. Bloch war kurz davor, ein Bild – das mütterlicherseits dem Museum gehört – mit einem aktuellen Marktwert von 200.000 ganzen Euros zu zerstören. Mit seiner Unterschrift – mittels Edding. Wie betäubt sehe ich zu, wie Bloch die Kappe von seinem dicken, schwarzen Edding abzieht …

… Plopp!

Verzweifelt suche ich nach einer Möglichkeit, die Katastrophe zu verhindern …

… Bloch bewegt den entschärften Edding in Richtung 200.000-Euro-Bild.

Schweißperlen auf meiner Stirn. Null Ahnung, was ich tun soll …

… Blochs Edding nähert sich dem Bild. – Noch 30 Zentimeter bis zur endgültigen Vernichtung von 200.000 Euro.

Noch mehr Schweißperlen auf meiner Stirn …

… noch 20 Zentimeter!

Schweißperlenüberströmt denke ich nach: ›*200.000 Euro!* So viel, wie ein ganzes Haus kostet! …‹

… noch 15 Zentimeter!

›… oder drei *Porsche-Cayennes*. Die könnte man sich davon auch locker kaufen. *Mit* Klimaanlage …‹

… noch 10!

›… oder schätzungsweise 133 amtliche Mountainbikes. Da blieben dann sogar noch ein paar Euro für einen vernünftigen Fahrradhelm über …‹

… noch 5 Zentimeter!

›… aber was, zum Henker, soll man mit 133 Mountainbikes anfangen? Das bringt doch nichts!‹

… 4 – 3 – 2 – 1 Zentimeter!

Mir fällt auf, dass ich in die komplett bescheuert falsche Richtung denke und dass ich dafür aber immer noch *null* Idee habe, wie ich die Katastrophe verhindern könnte und …

… 0,5 Zentimeter!

… und dann haue ich dem Bloch den Edding aus der Hand! Einfach so! Ohne großartig nachzudenken. Cool wie ein Jedi-Ritter! Wie einer, der seinem Erzfeind das Lichtschwert aus der Hand schlägt! … also in meinem Fall war's ja nur ein Edding. Aber egal: Ich hatte das Bild gerettet, die Katastrophe verhindert.

… was ich dann allerdings nicht mehr verhindern konnte, war die Flugbahn des Eddings. *Der* landete nämlich einen Sekundenbruchteil später voll auf Lenas Stirn. Mit der fetten Spitze voran. Praktisch gesehen mit einer *echten Punktlandung* mittendrauf.

Dann war Stille! – Sämtliche Augen waren auf einen Punkt gerichtet ... auf den von Lenas Stirn.

Und in diese extreme Stille rein knarzte dann jemand ein unterdrücktes Lachen. – Nadine!

Und da war's dann ganz aus. Der komplette Klassenraum explodierte vor lauter Lachen. Alle brüllten, kreischten, geierten. – Bis auf Günther, Bloch, mich ... und Lena natürlich. *Die* glotzte nur noch stumm ihren verschmierten Zeigefinger an, mit dem sie vorher noch auf ihrer Stirn rumgerieben hatte.

Günther versuchte dann, die Kontrolle wieder zurückzugewinnen, indem er nach vorn hampelte und dabei total bescheuert mit den Händen rumflatterte. Wobei er nur für *noch mehr* Lacher sorgte.

Chaos! Schlecht für Günther, gut für mich! – *Plan G* war eindeutig aus dem Ruder gelaufen. Jetzt war *Improvisieren* angesagt. – Ich überlegte nicht lang und packte mir im allgemeinen Chaos den Bloch. Mit einem amtlichen Klammergriff in seinen Nacken.

»Wa...uaar...rrrgh...gnng...«

Bloch war sprach- und wehrlos. Ich zog ihn zu mir rüber. Unauffällig!

»Hör zu, Bloch!«, zische ich ihm voll ins Ohr. »Das Bild ist echt! Das sehe ich! Du hast es verwechselt! Du darfst es nicht Lena schenken! Es ist scheißenteuer und gehört dem Museum meiner Mutter! ***Nicht*** deinem Vater! Er hat's nur geliehen!!!«

Das war die absolute Kurzversion, aber Bloch begriff. Das sah ich. Ich löste meinen Klammergriff und er wippte fassungslos in seine Grundstellung zurück.

Keine Sekunde zu früh. Weil im nächsten Moment hatte Günther die Situation wieder im Griff. Es wurde noch ein bisschen rumgeprustet, aber das war's dann auch.

Ich hab mich dann bei Lena ordentlich entschuldigt und sie hätte die Entschuldigung auch ganz bestimmt angenommen, wenn ihr Bloch nicht ins Wort gestammelt wäre.

»Ähm... L.... Lena?«, stammelte er. »... ich hab mir überlegt, dass ich das besser **nicht** signiere, das Original ... äh ... ich meine: die *Kopie*, die wie das *Original* aussieht, ümm. ... weil – keine Ahnung – aber das wär doch echt schade, wenn da was draufsteht dann, oder?!? ... **Und** äh ... außerdem hab ich mir *graaad* überlegt, dass ich das Bild noch mal mitnehme ... öhm ... damit ich's hübsch einrahmen kann. Und dann kriegst du's wieder, Lena! ... äh – *versprochen*!«

Und da muss ich jetzt echt sagen, Kumpel: Das war schlau von dem Bloch! Hätte auch von mir sein können. – Bloch findet eine clevere Ausrede, damit Lena ihm das Original zurückgibt. Damit er es umtauschen kann! Zu Hause! Das Original gegen die Kopie, die er dann Lena *hübsch* eingerahmt zurückgeben kann ...

... *hätte können*, weil: Lena will das Bild nicht mehr rausrücken!

»Ach, das ist ***superlieb*** von dir! Aber ich finde, das braucht keinen Rahmen. Ich häng das einfach so auf. Direkt neben *Justin Bieber.* So wie es ist. Ohne deinen *Otto* drunter. *Hihihi*«, kichert Lena.

Und dann müssen Bloch und ich zusehen, wie sie das höchst wertvolle Selbstbildnis von Caspar Chillout Friedrich einfach so in ihre Tasche stopft – das amtlich originale, wahnsinnig empfindliche, unschätzbar wertvolle 200.000-Eier-Bild von Mamas Museum ... ihrem höchstwahrscheinlich letzten Arbeitsplatz!

… und dann klingelte es auch schon. Die Besprechung war vorbei und alle stürmten aus dem Klassenraum.

Nur Bloch und ich blieben wie betäubt sitzen.

»Wir müssen reden, Justus!«, sage ich zu dem Bloch irgendwann.

»Ja, Jan, das müssen wir«, sagt der Bloch.

Eintrag 16 – Freitag, 14:08 Uhr

Wir *haben* geredet! Justus Bloch und ich! Und dann waren wir in der Notaufnahme von der Klinik.

... also in *der* Klinik, wo Lenas Mutter als Oberärztin arbeitet. Da war heute die letzte Betriebsbesichtigung und da komme ich auch gerade her.

Nervig war's. Ich persönlich gehe einfach auch nicht gern in Krankenhäuser, weil das auch immer ein paar blöde Erinnerungen bei mir weckt. – An meinen eigenen Krankenhausaufenthalt nämlich ... und an den amtlichen Haufen Scheiße, den ich damals da gebaut habe ... nicht schön, das alles! Aber das ist auch eine komplett andere, *echt kranke* Geschichte.

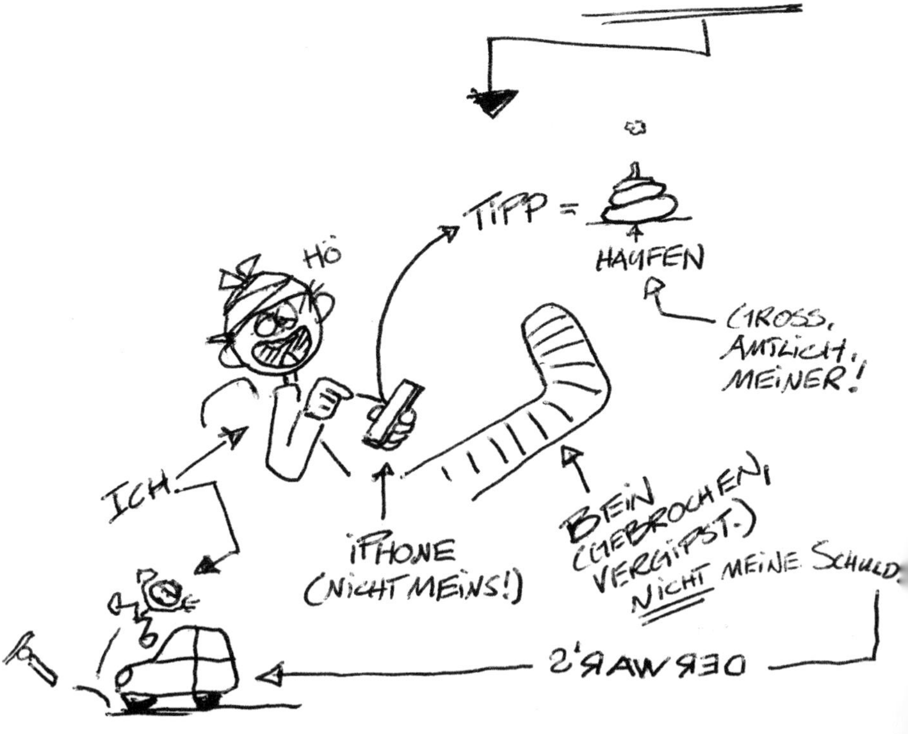

Wie auch immer: Frau Dr. Senger schleppte Tochter Lena, Nadine, Justus und mich durch das komplette Klinik-Labyrinth und erklärte uns *alles*. Lena und Nadine stellten blöde Fragen, ich ganz normal nicht und Justus war gedanklich auch nicht ganz bei der Sache.

»Hast du ihn?«, flüstere ich ihm zu, als wir dann eben in der Notaufnahme hinter den Mädchen rumstehen, die gerade wieder ihre Super-Fragen raushauten.

»Ja, hab ihn! *Plan P* läuft!«, flüstert Justus zurück.

»Sehr gut!«, flüstere ich.

... dass ich Justus Bloch, dem größten Arschloch aller Zeiten, ein *Sehr gut!* zuflüstern kann, ohne dass mir dabei die Pizza Diavolo vom Vorabend wieder hochkommt, liegt schlicht daran, dass wir eben geredet haben. – *Vorher* also! Also direkt *nach* der Teamgruppenbesprechung.

Günther ging als Letzter aus dem Klassenraum und schloss die Tür hinter uns.

Wir saßen wie betäubt da, und dass wir reden mussten, war dann auch klar.

»Bloch, das Bild muss zurück, *irgendwie*. Mach irgendwas, aber mach was«, quatsche ich dann einigermaßen verzweifelt drauflos, da jammert Bloch dann aber *voll* verzweifelt los: **»Ich werde so einen mordsmäßigen Ärger kriegen, Jan! An die Wand wird er mich nageln, wenn er das rauskriegt! Ich hab in seinem Büro *nix* verloren!«**

»?¿?«, mache ich da drei echt bescheuert erstaunte Fragezeichen.

»Rein *gar nichts* habe ich da verloren! Die *absolut verbotene Zone*! *Nur* Daddy darf rein! ... und Mutti manchmal, wenn sie vorher fragt!«

»?¿?«

»... aber ich kann doch auch nichts dafür, wenn er seinen Schlüssel überall rumliegen lässt. ... in der Tasche von seinem Hausmantel!«, jammert Justus weiter. »Es war so ***einfach***! Hab das Bild gefunden, genommen, kopiert und zurückgelegt. ... und dann **so ein schlimmer Fehler**! – Euch in Daddys Büro mitzunehmen. – Euch das Original zu zeigen. – Und es dann auch noch mit der Kopie zu verwechseln. – Wie **dumm** von mir! Und alles nur, weil ich ein bisschen angeben wollte. Vor dir ... *und* Lenchen!«

»Lenaaa!«, korrigiere ich.

»So ein *schlimmer, schlimmer* Fehler! *... jammer, jammer ...* **die Bilder *vertauscht*! Wie *konnte* mir das nur passieren.«**

Was ich ihm da ganz genau hätte erklären können, wie ihm *so was passieren konnte*. Aber da dachte ich: Wozu? So viel unnötige Details. Das bringt doch nichts.

»Justus! Das Bild muss zurück! Irgendwie!«, komme ich daher noch mal auf den Kern des Gesprächs zurück.

… und *schnell* muss es zurück. Bis morgen! Bis Samstag also! Punkt 10:00 Uhr! Weil da kommt Daddy-Bloch von einer Dienstreise zurück, wie Justus dann noch mal ordentlich verzweifelt jammerte. – Weil wenn Daddy-Bloch von Dienstreisen zurückkommt, dann geht er als Erstes in seinen Hobbyraum. Zur *Entspannung*. Wie andere Leute nach Feierabend Fernsehen glotzen, glotzt er seine Bilder an. Und dann garantiert auch sein neuestes *Beutebild* aus der Schublade! Der Typ ist vielleicht kein *echter* Kunstprofi, aber wenn *der* nicht Original und Kopie auseinanderhalten kann, sollte er sich besser ein neues Hobby zulegen. – *Bierdeckel sammeln*, was weiß ich.

Er wird peilen, dass das Bild vom Chill-Kasperle eine Tintenstrahl-Kopie ist. Und dann wird er zusammenrechnen, wie viele Personen im Haushalt Bloch einen Tintenstrahldrucker haben.

»... **nur** ***ich*****!**«, rechnete Justus mir nämlich dann noch mal jammernd einen vor. **»An die Wand wird er mich nageln! Und vierteilen!** ***Erst*** **vierteilen, dann an die Wand nageln. In der Reihenfolge. So einen Ärger werde ich kriegen ...** ***bu-hu-hu-hu*****! ... und dann wird er deine Mutter anrufen!«**

Da will ich den armen Justus erst ein bisschen trösten wegen der unschönen Vierteilung und allem, aber dann peile ich vollständig, was er zum Schluss gesagt hat.

»Er wird ***WAS?*****«**, frage ich daher mächtig überrascht nach.

»Deine Mutter anrufen! – **Ich kenn den doch.** ***Harte Schale, weicher Kern!*** **... wenn es um seine dämliche Kunst geht. Er wird sie anrufen und ihr beichten, dass das Bild futsch ist.«**

Und da wird mir zum ersten Mal klar, *wie* schnell das Bild wirklich zurückmuss, weil: Keine Ahnung, wie weich Bloch senior von innen ist, aber ich wiederum kenne meine Mutter gut und kann dir sagen, wie *eisenhart* die sein kann, wenn nichts anderes mehr geht.

Da könnte ich dir aus persönlicher Erfahrung jetzt ein ganzes Lied von singen, was aber jetzt echt nicht Thema ist.

Thema ist: Eisenhart wird meine Mutter reagieren, wenn sie von dem Bloch erfährt, was passiert ist. Die wird den Hörer in die Gabel knallen und gleich drauf ihren Chef anrufen. Ihm ebenfalls beichten, was passiert ist. Das komplette Geständnis wird sie ablegen. Ohne Rücksicht auf Verluste. Da ist sie eisenhart ... wenn nichts anderes mehr geht! Keine Frage!

Bescheuerterweise dachte ich erst darüber nach, was meiner Mutter wohl besser steht: ein *KiK-Putzfrau-Outfit* oder doch eher der *Gefängnishof-Ausgehdress.* – Ich dache also erst nur Scheiße und dann komme ich aber doch auf den extremen Kern von allem zurück und sage zu Flenntüte Bloch bestimmt, ernst, eindringlich: »**Justus!** Das Bild! Es muss zurück! Irgendw…«

»Ich werde mit Lenchen reden!«, haut er da aber auf einmal raus. »Ich werde ihr *alles* erzählen! Das wird sie sicher verstehen. Und dann gibt sie mir das Bild ganz sicher auch zurück!«

»Gnnng …«, kann ich da erst mal nur drauf antworten … ***leicht*** panisch auch! Weil mir gleichzeitig ein paar Bilder

durch den Kopf schießen. – Von Justus nämlich, wie er grad mit Lena plaudert. Über **alles**! – Und dann noch ein Bild von Lena, wie sie darauf doof mit ihren Eltern plaudert. Herrn und Frau Senger. Vor allem aber *Herr* Senger macht mir da starke Sorgen. Der *Polizeihauptkommissar*! Ein beinharter Cop, der zum Lachen in den Keller geht, wenn er nicht gerade Terroristen über den Haufen ballert. – *Der* schießt mir dann auch durch den Kopf ... also als weiterer Gedanke jetzt. Als ein weiteres Bild eben, das mir durch den Kopf schießt. Und auf *dem* plaudert er noch mal mit meiner Mutter und kocht sie dann so *richtig* weich ...

... bevor er sie in eine Zelle wirft. – *Eine **Zelle** für die kriminellen **Fälle** ... Hö! Hö!*

»Tu's nicht! Auf keinen Fall, Bloch ... äh ... *Justus!*«, antworte ich ihm dann noch einmal ... und ***echt*** panisch auch!

Aber, Kumpel! Da war nichts mehr zu machen. Auf Teufel komm raus wollte er mit *Lenchen* reden. Über *alles*!

Und da musste ich meine Karten dann eben auch offen hinlegen. Da blieb mir gar nichts anderes übrig. – *Alles* hab ich ihm erzählt! Von dem Deal zwischen seinem Daddy und meiner Mutter. Von dem *Haufen Ärger,* den sie ***beide*** kriegen, wenn die Sache auffliegt. Weil es ja schließlich auch nicht *seine* Kohle war, die Daddy-Bloch da für sein *Hobby* rausgehauen hat. Es war das Geld der Bank. – ***Alles*** habe ich dem Justus erzählt!

... *nur* dass ***ich*** es war, der die Bilder vertauscht hat, hab ich auch da mal besser für mich behalten ... das passte jetzt irgendwie auch gar nicht mehr ins Gespräch.

Wie auch immer: Ich konnte Justus absolut davon überzeugen, dass jetzt nur noch eine Sache angesagt war: *Schweigen!*

Und dann haben wir nachgedacht! Über *irgendeine* brauchbare Lösung unseres Problems.

Und dabei ist dann *Plan P* rausgekommen ... ***P*** wie ***Perfekt***! Das war meine Idee mit dem Namen. Und Justus fand das dann auch ganz gut, wenn man perfekten Plänen einen ordentlichen Namen gibt.

Und ich sage dir, mein Freund: Plan P *ist* perfekt ...

... Justus und ich werden die Bilder austauschen. Diesmal *gemeinsam* also. Kopie gegen Original. In Lenas Zimmer wird dieses passieren. Dort wird nämlich das letzte Teamtreffen stattfinden. Heute. *Gleich* also. Punkt 17:00 Uhr. – Durch ein geschicktes Ablenkungsmanöver werden wir Lena und Nadine aus dem Zimmer locken.

Teil 1 des Manövers wird sein, dass ich fünf Minuten zu spät kommen werde. *Geplant* zu spät diesmal! Dieses ist wichtig, weil dann nämlich nicht nur Lenas Fahrrad vor der Haustür steht, sondern auch das von Nadine. Aus *beiden* Fahrrädern werde ich die Luft herauslassen. Aus allen vier Reifen also. Die Ventile werde ich gleich drauf wegwerfen. Diese extreme Maßnahme ist notwendig für Ablenkungsmanöver Teil 2: Weil gleich drauf werde ich *dramatisch* in Lenas Zimmer stürmen und beiden Mädchen *sehr dramatisch* mitteilen, dass *irgendjemand* ihnen die Fahrräder platt gemacht hat. Worauf die Mädchen dann fassungslos aus dem Zimmer stürzen werden, um sich den Schaden anzusehen.

Justus und ich werden zurückbleiben. Allein in Lenas Zimmer. Mit Justin Bieber. … also einem Poster von ihm an der Wand. Laut Lenas Idee sollte gleich daneben ja das Original hängen. Welches wir dann mit der Kopie aus Daddy-Blochs Schublade austauschen werden. Dieses muss schnell und reibungslos passieren. Das von uns berechnete Zeitfenster hierfür ist klein. Und ein anderes wird es nicht geben. … also eine weitere Gelegenheit für den Bilderaustausch wird es nicht geben. Die vollzählige Familie Senger wird noch heute Abend verreisen. Übers Wochenende. … von Travemünde war die Rede.

Das, mein Freund, ist Plan P! *Perfekt!*

… einziger Schwachpunkt unseres Plans war dann eigentlich nur noch, dass total offen war, ob Justus überhaupt noch mal in das Büro seines Daddys reinkäme, um das Original unbemerkt zurücklegen zu können.

Wird er können! Der Schwachpunkt war gewesen! Der Schlüssel war noch in dem Hausmantel von seinem Daddy … und *nicht* mit auf Daddys Dienstreise! Das weiß ich eben seit dem Besuch in der Notaufnahme. Justus hat ihn! Den Schlüssel also …

… und das ist *sehr gut*!

Eintrag 17 – Freitag, 19:20 Uhr

Plan P verlief reibungslos! *Pünktlich* um 17:05 Uhr traf ich vor dem Haus der Sengers ein. Und dann …

… war aber nur *ein* Fahrrad da. Nur das von Lena. Nadines Fahrrad fehlte. Was ich dann aber nicht als *ganz* großes Problem ansah, weil die Müller nimmt ja auch öfters mal die U-Bahn, wenn sie zu ihrer Bestfreundin Lena will. Daher behielt ich den Kurs von *Plan P* voll bei und machte nur Lenas Fahrrad platt und warf sogleich die beiden Ventile ins Gebüsch.

Sehr zufrieden mit dem bisherigen Verlauf von Plan P drückte ich den *Senger'schen* Klingelknopf. Mit sauberen Fingern. Exakt eine Sekunde lang! … *wenn* schon perfekt, *dann* aber auch richtig! – Frau Senger öffnete mir die Tür. Nur die Hand wollte sie mir da nicht mehr geben, aber das spielte für Plan P ja auch keine Rolle.

Ich betrat das Haus der Sengers und ging die 16 Stufen der Treppe hoch und den fünf Meter langen Flur bis zu Lenas Zimmer entlang. Dort blieb ich vor der Tür stehen, konzentrierte mich voll auf meinen *dramatischen* Auftritt und stürmte Lenas Zimmer. Die Tür, die bei diesem Vorgang geplant dramatisch aufflog …

... knallte unplanmäßig voll dramatisch gegen Lenas Birne. Die stand nämlich in dem Moment voll unplanmäßig genau hinter der Tür.

»Au! Au! Au! Au!«, bellt Lena vor Schmerzen und hält sich die Stirn. ... *schon* wieder!

»Tut ...«, weiche ich voll von meinem Dramatext ab, weil ich ihr erst noch sagen möchte, wie leid mir das tut, und dann erschrecke ich mich aber voll, weil Nadine plötzlich hinter mir steht. – *Hinter* mir! Im Flur! *Nicht* in Lenas Zimmer! In Lenas Zimmer sehe ich nur Lena selbst und Justus dahinter auf dem Bett sitzen, der mich fragend anguckt.

»Ach Janny, du **bist** aber auch manchmal ein Trottel!«, schimpft die arme Lena mit mir – zu Recht.

»Tut ...«, sage ich da noch mal und dann denke ich aber, dass eine weitere Abweichung von *Plan P* nicht gut ist, und lege dramatisch los: **»Oh! Lena! Irgendein gemeiner Schuft hat die Luft aus euren Rädern gelassen! ... äh ... also aus *deinem* jetzt! Das *müsst* ihr euch ansehen, Lena! ... *und* Nadine!«**

»Ich muss *gor nix*!«, widerspricht Nadine kurz und bündig.

»Och Mööönsch! Wie doof ist *das* dääänn?!«, jammert Lena aber prima los und geht ab.

... also aus dem Zimmer raus.

Nur die Müller blieb! Und das war ein Problem. Sie folgte mir ins Zimmer und setzte sich auf den Schreibtisch und ich mich direkt neben Justus aufs Bett. Dabei checkte ich nervös die Wände ab. Auf der Suche nach Justin Bieber. Also nach dem 5-Euro-Poster von ihm und dem 200.000-Euro-Kunstwerk daneben.

Justin Bieber fand ich auf Anhieb. Direkt über dem Bett. Mit anderer Frisur als auf meinem Poster, aber das war jetzt nicht *wirklich* wichtig.

Wichtig war, dass auch tatsächlich das Original-Kasperle-Bild da hing. Nicht *neben* Spacko-Bieber. Sondern *über* ihm. Hoch oben knapp unter Zimmerdecke. Da hatte Lena es hingepappt. Mit Tesafilm. Regelrecht eingerahmt hat sie's damit. Bestimmt drei – vier Mal ums ganze Bild rum. ... gruselig!

›... aber immerhin keine Reißnägel!‹, dachte ich dann und überlegte aber auch noch kurz, dass Lena ein echtes Geschmacksproblem hat, was aber auch jetzt wirklich nicht *mein* Problem war. – *Mein* Problem saß auf einem Schreibtisch und hieß Nadine Müller.

Hochnervös guckten Justus und ich uns an. – *Plan P* durfte nicht scheitern! Die Bilder *mussten* ausgetauscht werden. *Jetzt* war die Gelegenheit. Eine weitere würde es nicht geben.

Improvisieren war wieder angesagt. Mir musste schnell was Neues einfallen. Die Müller musste *raus* aus dem Zimmer. *Jetzt*. *Sofort*.

»Öhm … Nadine!«, improvisierte dann aber der Justus für mich clever los. »Willst du denn nicht mal nachsehen, wo Lena bleibt? Ich meine, ihr Fahrrad ist platt und da ist sie bestimmt echt fertig deswegen und …«

»Dann soll mal gefälligst der Hensen runtergehen! Der hat's ja schließlich auch platt gemacht«, antwortet Nadine schnörkellos.

… und da gucken Justus und ganz besonders ich *echt schnörkellos* doof aus der Wäsche.

»Hab ich genau gesehen, Jan!«, grinst sie dann. »*Keine* Ahnung, warum du's getan hast, und das geht mich ja auch echt nichts an, warum …«

»***Darum***, weil wir genau ***das Bild*** da oben brauchen!«, improvisiere ich dann voll drauflos, zeige voll auf das Original über Justin Bieber und rattere runter: »Es ist verdammt echt, teuer wie ein Haus, gehört dem Museum meiner Mutter, ***nicht*** Herrn Bloch. Meine Mutter hat es ihm nur geliehen. Was aber keiner wissen darf. Was jetzt aber auch komplett egal ist. Fakt ist: Wenn das Bild nicht bis morgen früh Punkt zehn wieder in der Schublade vom Bloch liegt, werden alle weich und alle miteinander werden mächtig großen Ärger kriegen! … ***DARUM!***«

Justus Bloch glotzt mich entsetzt an. Mit mangamäßig großen Augen wie die von einem sehr überraschten Alien. – Ausgerechnet die Bestfreundin von Polizeihauptkommissartochter Lena Senger aufzuklären, war jetzt wirklich nicht die allerbeste Idee des Tages! Aber es war die einzige, die mir auf die Schnelle einfiel. Entweder würde Nadine Müller nun quiekend aus dem Zimmer rennen, ihrer Cheffreundin alles eins zu eins petzen oder …

… es würde etwas anderes passieren. Was genau das sein könnte, davon hatte ich keine konkrete Vorstellung. Ich sag ja: Die Idee war nun echt nicht der Brüller.

Ich blickte Nadine direkt und ernst in die Augen. Und sie verdammt überrascht zurück.

Von unten her hörten wir, wie jemand die Haustür ins Schloss warf. – Lena! Und damit war auch unser Zeitfenster geschlossen. – *16 Stufen bis nach oben und fünf Meter bis zum Zimmer.* Justus und ich hatten dafür exakt 19,1 Sekunden berechnet. Lena müsste sich schon zwischendurch ein Bein gebrochen haben, wenn sie das nicht in der Zeit schaffen würde.

Sie hatte sich aber leider kein Bein gebrochen. Wir hörten, wie Lena die ersten Stufen gesund und munter hochstiefelte.

»Haut rein, Jungs! Ich lenk sie ab!«, sagte Nadine da plötzlich, rannte aus dem Zimmer und schlug die Tür hinter sich zu.

Justus und ich guckten uns ordentlich verblüfft an und hauten dann aber sofort rein. Er kramte Daddy-Blochs Ledermappe mit der Kopie aus seinem Rucksack, während ich mir den Tesa-Abroller von Lenas Schreibtisch schnappte, mit dem wir die Kopie im exakten *Lena-Grusel-Stil* wieder dahin hängen konnten.

Vom Flur her hörten wir Nadines gedämpfte Stimme. Sie fragte Lena, ob sie Fritz noch mal sehen könnte. Er wäre ja *sooo super-niedlich* und sie würde ihn einfach zu gern noch mal durchkraulen wollen, bevor Lena übers Wochenende mit ihm wegfährt.

Da guckte ich leicht verpeilt Justus an und der klärte mich dann auch auf: »*Nicht* Lenas Bruder. – Keine Ahnung. *Katze* vielleicht!«

»Ah!«, sage ich darauf und wir beide lauschen dann, ob Nadines *cleveres* Ablenkungsmanöver funktionierte.

Unklar!

»Häääääääää? Du willst was?«, hörten wir Lena dann so dermaßen dämlich nachfragen, als ob Nadine sie etwas auf Chinesisch gefragt hätte.

Entsprechend deutlich und leicht ungeduldig wiederholte Nadine, was sie wollte: »Fritz durchkraulen? Den *knuffigen, drolligen* Fritz?!« – Eine sehr simple Frage!

Elendig lange Sekunden herrschte Stille auf dem Flur, bis Lena schließlich »Na gut!« sagte, und »Da muss ich aber erst Mami fragen« sagte sie auch noch und »Fritz ist ja so schrecklich sensibel« hörte ich Lena auch noch sagen, und was sie noch alles sagte, kann ich dir nicht sagen, weil sich Mädchenstimmen und Schritte dann entfernten. – Nadines Ablenkungsmanöver hatte funktioniert!

Justus und ich sprangen wie auf Kommando auf Lenas Bett. Mit Schuhen! Keine Zeit für Anstand!

Und dann hatten wir ein echtes Wachstumsproblem! ... also was ich damit sagen will: Wir kamen mit unseren Fingern einfach nicht ans Bild ran. Wer auch immer es über Justin Bieber hingehängt hat, *Lena* war es nicht. Möglich, dass ihr ausgewachsener Vater es getan hatte. Oder die Mutter.

Die war auch nicht gerade klein. – *Wir* waren zu klein. Und weil wir unmöglich zwei bis drei Jahre in Lenas Zimmer darauf warten konnten, bis wir die notwendige Größe erreichten, um an das Bild heranzukommen, kam Justus auf die Idee mit der Räuberleiter.

Er stemmte sich gegen die Wand, verkeilte die Hände und ich sollte draufsteigen.

Und da war ich mir für einen Augenblick verdammt unsicher, ob ich das wirklich machen sollte. – Justus Bloch vertrauen! *Dem* Typen, der mich innerhalb einer Woche auf die allerlinkste Tour voll verarscht hatte ... na ja, und ich ihn ja auch ein *kleines* bisschen.

Aber andererseits war das hier nun mal der absolute Ausnahmezustand. Ich brauchte den Bloch, und dass der Bloch mich brauchte, musste dem Bloch selbst auch extrem klar sein.

»Hopp! Mach schon!«, drängelte er dann auch extrem klar und ich stieg auf seine verkeilten Hände, die …

… er dann auch ***nicht*** wegzog!

Locker kam ich nun an das Bild ran. Schwierig war jetzt auch nur noch, den Tesafilm vorsichtig von Wand und Bild abzuknibbeln. Justus bekam auf Lenas weicher Matratze einfach auch keinen ordentlich Stand.

… aber *richtig* schwierig wurde es erst, als ich deshalb dann auch noch das Gleichgewicht verlor und abstürzte! Von hoch oben bis nach ganz unten. Und da half es auch nichts, dass ich mich an Justin Bieber klammerte … also an das Poster von ihm. Ich stürzte ab und riss den halben Bieber mit in die Tiefe.

»Oh Gott, Jan! Bist du okay?«, rief mein Kletterpartner Justus ehrlich besorgt und da will ich ihm dann auch antworten, dass es nur den Justin schwer getroffen hat, da …

… fliegt plötzlich die Tür auf und im Türrahmen stehen: Lena und Nadine.

»… ich … ich kann das erklären!«, sage ich da noch …

… und dann aber gar nichts mehr und Justus fällt auch nichts mehr ein, wie *er* erklären könnte, warum er auf Lenas Bett rumsteht … mit Straßenschuhen.

Lena schmiss uns raus! Justus und mich …

… und die Müller dann anscheinend auch, weil die kam nämlich auch gerade zur Haustür raus, als Justus und ich niedergeschlagen und fertig unsere Fahrräder aufsperrten.

… *warum* Lena ausgerechnet ihre *allerbeste* Bestfreundin Nadine Müller auch rausgeschmissen hat, kann ich dir nun wirklich nicht sagen.

… vielleicht hat Lena ja irgendwie gepeilt, dass Nadine sie mit der Kraule-Nummer und dem drolligen Fritz voll verarscht hat. Eher unwahrscheinlich …

… aber *warum* Nadine die Lena tatsächlich mit dem Kuschel-Fritz voll verarscht hat, um ausgerechnet Justus und mir zu helfen, darauf habe ich auch keine vernünftige Antwort. Vielleicht haben die beiden Girlies ja auch irgendein Konkurrenz-Ding am Laufen. Man weiß das alles nicht, wie Mädchen wirklich ticken.

… was hier aber eigentlich absolut nicht Thema ist, wie Mädchen wirklich ticken. – Thema ist, dass Lena – aus mir unbekannten Gründen – Nadine eben auch rausgeschmissen hat, weil *die* kam – wie gesagt – dann eben auch gerade zur Haustür raus, als Justus und ich *ordentlich* niedergeschlagen und *echt* fertig unsere Fahrräder aufsperrten.

Wir guckten zu der Müller hoch und sie zu uns runter und sie sagt dann: »Was wir brauchen, ist ein Plan B!«

EINTRAG 18 – SAMSTAG, 10:00 UHR!

Fürs Protokoll: Gestern Abend, am Freitag, dem 13. Juni, um 17:35 Uhr trafen Justus Bloch und der Protokollführer Jan Hensen (ich) bei Nadine Müller ein, um die verschiedenen Punkte von *Plan B* zu besprechen. Nur in *einem* Punkt war sich das *B*-Team uneins, weshalb hierüber angeregt diskutiert wurde, da es der *einzige* Punkt von *Plan B* war! – *Einbruch bei den Sengers.* – Und …

… wenn du, mein Freund, jetzt darüber nachgrübelst, ob der *Protokollführer Jan Hensen* (ich) nicht mehr alle Tassen im Schrank hat, dann müsste ich da jetzt selber noch mal nachzählen, ob bei mir noch alles vollständig ist. – Unsicher!

… was ich *sicher* weiß, dass mir ein Schuh fehlt!

… 10:01 UHR!

… ich bin müde! *Nuuur* müde! – Was irgendwie auch logisch ist, weil ich letzte Nacht auch verdammt wenig geschlafen habe … praktisch gesehen habe ich *gar nicht* geschlafen … ganz normal *deshalb*, weil ich ja logischerweise letzte Nacht in einem Haus einbrechen musste. In dem von Sengers eben … was eben der einzige Punkt von *Plan B* war! Und da gingen die Meinungen gestern Abend eben doch *sehr stark* auseinander, was das angeht …

»Es ist kriminell! ***Strafbar!*** **Ohne mich! Da mach ich nicht mit!«**, war Justus der Meinung.

»Es ist unsere *einzige* Chance!«, war meine Meinung.

»Dann war's das! Entweder alle oder keiner!«, meinte Nadine.

»Wie – ***alle oder keiner*****?! Was sind das denn für bescheuerte Regeln?!«**, regte sich Justus noch mal ordentlich auf.

»Es sind *meine* Regeln! – *Meine* Idee, *meine* Regeln! Und überhaupt *euer* Problem, nicht *meins*! So einfach ist das!«

... und wo sie recht hatte, hatte sie wieder mal recht, die Müller. – Nach wie vor kann ich dir echt nicht genau sagen, warum Nadine Müller so tickt, wie sie tickt, also warum sie uns freiwillig hilft, aber Fakt ist nun mal: Es war tatsächlich ganz klar ihre Idee, in das Haus der Sengers einzusteigen. Die Sengers waren weg, die Hütte also leer, und Nadine wusste, wo die Sengers ihren Ersatzschlüssel versteckten. – *Reingehen, Bilder umtauschen, wieder rausgehen.* – Ein Spaziergang war das!

Und jetzt hatte ausgerechnet Justus aber keine Lust auf *Spaziergang* und …

… und jetzt nur mal so angenommen: Wenn **du** – mein Freund – mir am Montag über den Weg gelatscht wärst und mir gesagt hättest, dass ich nur vier Tage später mit dem Bloch und der Müller abends in ihrem Zimmer sitze und wir alle zusammen ernsthaft darüber nachdenken, noch in derselben Nacht in das Haus von Lena Senger einzubrechen – wenn du mir *das* alles gesagt hättest, hätte *ich* zu dir gesagt: »Du hast echt ein Rad ab!« … und »Geh weg!« hätte ich sehr wahrscheinlich auch noch hinterhergeschoben, weil ich dich ja auch gar nicht kenne.

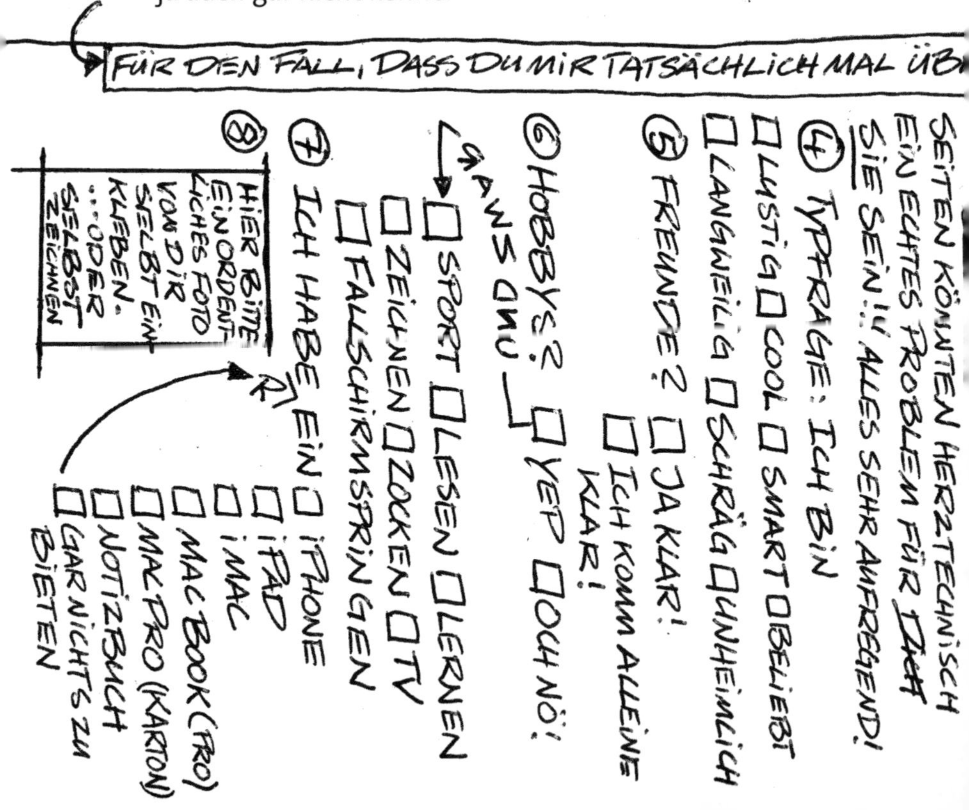

Wie auch immer: Vier Tage später saß ich tatsächlich mit dem Bloch und der Müller in ihrem Zimmer, dachte mit ihnen gemeinsam darüber nach, in das Haus der Sengers einzusteigen, und da hatte der Bloch aber auf einmal keine Lust mehr, in das Haus der Sengers einzusteigen, und …

… dann aber auf einmal doch, weil ihm da wohl selber klar wurde, dass er eben ein fettes Problem hat und dass es auch nicht von alleine weggeht, wenn er sich weigerte mitzumachen. Praktisch gesehen war Nadine seine letzte Rettung! … und *meine* auch!

»Also gut, ich mach mit!«, presste Justus daher nach einer kleinen trotzigen Weile heraus.

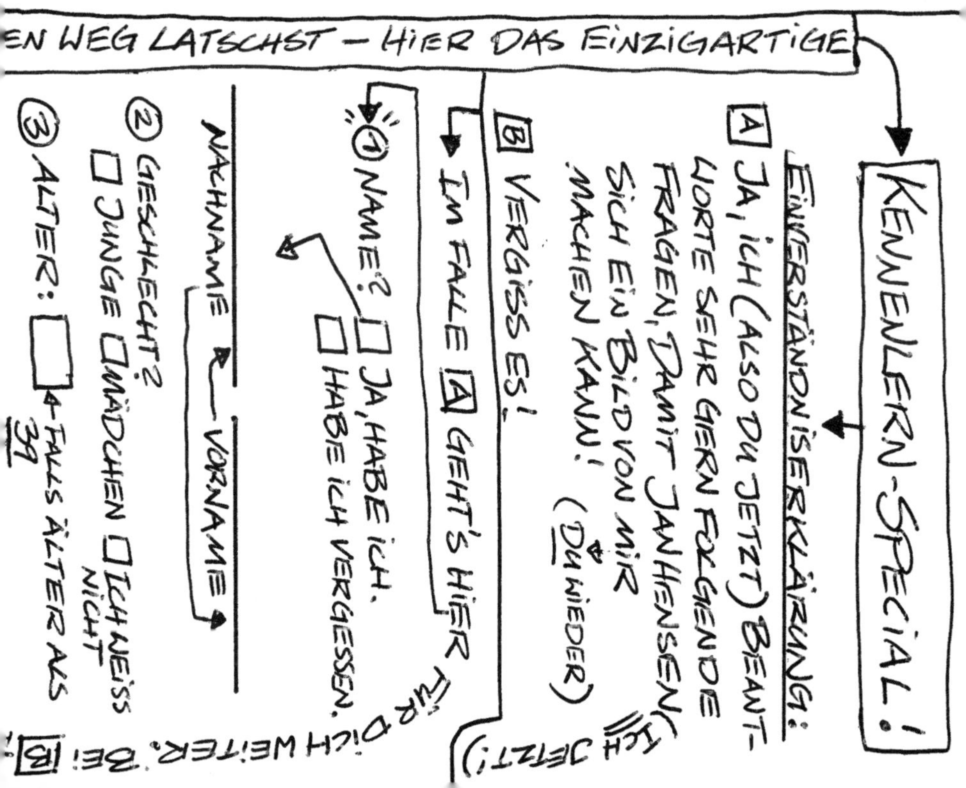

Und weil ich da echt erleichtert war, witzle ich noch mal rum: »Fürs Protokoll: *Plan B* wurde vom Projektteam einstimmig angenommen.«

Worauf Nadine dann blöd nachhakt: »Apropos *Protokoll*, Hensen! Wie weit bist du damit?«

»Öhmm ... *weit*! Fast fertig! Sonntag!«, lüge ich wie blöde.

Und da checkt sie mich erst so komisch von der Seite ab und meint dann aber: »Na dann ist ja alles klar. Dann bauen wir das Sonntagabend bei Lena in die PowerPoint ein und fertig!«

»Hm ... bei *Lena*?!«, sagt Justus darauf etwas nachdenklich und ich dann nachdenklich hinterher: »... könnte schwierig werden, weil die momentan wohl ein kleines bisschen sauer auf uns ist.«

»***Supi***-sauer!«, grinst Nadine. »... aber keine Sorge, ihr *Prinzen*! Die kriegt sich schon wieder ein.«

Worauf wir *Prinzen* rosa Bäckchen kriegen, weil Nadine ganz offensichtlich längst geschnallt hatte, was da für ein kleines Drama läuft zwischen Lena, *Prinz 1* und *Prinz 2* ... also *Justus*! ... *Prinz 1* bin selbstverständlich ***ich***!

... 10:06 Uhr!

... müde! Sooo müde ... aber an Schlaf ist jetzt wirklich nicht zu denken! Dafür bin ich viel zu aufgekratzt. – Was vielleicht ***auch*** damit zu tun hat, dass ich mir gestern Nacht um eins mindestens drei Liter Kaffee reingekippt habe ... was ich mir, glaube ich, auch echt hätte schenken können. Weil ich bin da nachts um zwei nicht grad in eine öde Mathe-Stunde reingeschlurft, sondern hatte ganz klar vor, in ein Haus einzubrechen. Da *ist* man wach!

... mit drei Litern Kaffee intus ging ich also noch mal *höchst* konzentriert meine Checkliste durch: *Taschenlampe? – Da! Handschuhe? – Da!* ... und das war's eigentlich!

Dann schlich ich mich aus der Wohnung. Lautlos wie der Typ aus *Mission Impossible*. Ebenso lautlos zog ich die Tür hinter mir zu. Worauf mir dann aber auch *sofort* einfiel, dass meine Checkliste unvollständig war. ... ich Penner hatte vergessen, meinen Hausschlüssel einzustecken. – Das war ein Problem. Aber da musste ich mich dann halt später irgendwann drum kümmern. *Nach* dem Einbruch!

Punkt zwei kam ich am Haus der Sengers an. Zu Fuß! Das pannenanfällige Fahrrad hatte ich bewusst zu Hause stehen lassen. *Nichts* durfte mehr danebengehen. *Alles* musste perfekt laufen!

Im *perfekten* Mission-Impossible-Ausgehdress wartete Nadine schon am Eingang und gleich drauf kam auch Justus um die Ecke gekurvt. – Schwer bepackt mit einem Rucksack. »Was hast du denn vor? Willst du hier einziehen oder was?«, fragte Nadine ihn.

»Quatsch! Das ist meine *Tarnung*!«, antwortete Justus ihr stolz. »Ich hab Mutti erzählt, dass ich mit Sören zelten gehe.«

»Wer ist *Sören*?«, will Nadine wissen, aber dann hab *ich* höchst konzentriert gesagt, dass ich jetzt *echt gern* einbrechen möchte und dass man sich ja auch vielleicht später noch über Sören unterhalten kann.

Da waren die beiden dann auch mit einverstanden und Nadine hebt den Blumentopf neben der Haustür an, wo die Sengers ihren Ersatzschlüssel verstecken.

»*Unterm Blumentopf???* Wie bescheuert ist das denn?!«, frag ich da noch und dann sind wir aber auch alle ohne ein weiteres Wort zu verlieren in das verlassene Haus von *Oberschlau*-Hauptkommissar Senger eingedrungen … und exakt 19,1 Sekunden später in Lenas Zimmer!

Und auch alles Weitere lief präzise wie ein Schweizer Uhrwerk: Nadine schnappte sich den Tesa-Abroller vom Schreibtisch – Justus hüpfte aufs Bett und brachte sich in stabile Räuberleiter-Position – In einer 1-a-Turnübung schwang Nadine sich auf seine Schultern hinauf, während ich jeden dieser exakt geplanten Schritte mit meiner Taschenlampe ausleuchtete.

Dann strahlte ich für Nadine das Zielobjekt an: *Selbstbildnis mit Armen von Caspar-Relax Soundso im Wert von 200.000 Euro.*

Sorgfältig wie ein Hirnchirurg fing Nadine an, die erste Tesafilmschicht abzuziehen, da …

... hörte ich plötzlich ein leises, hektisches Hecheln. Direkt hinter mir. – Ich hörte auf, Nadines Operation anzustrahlen, und bewegte die Taschenlampe in Richtung Geräusch.

»Hensen! ***Mehr Licht!***«, höre ich Nadine aus ihrer finsteren Ecke losmeckern, während ich ***höchst*** *konzentriert* in die funkelnden Augen eines Rottweilers blicke. Angestrahlt von meiner Taschenlampe stand er da. Breit und bullig im Türrahmen!

... 10:11 Uhr!

... müde bin ich, Kumpel, müde! Erschöpft, leer und verbraucht! Das bin ich! Und jetzt ist es elf Minuten *nach* zehn! Was nicht gut ist! *Gar nicht gut* ist das! Elf Minuten drüber! Es muss was passiert sein! *Noch* mehr passiert sein! Sonst hätte ich doch schon längst eine Nachricht erhalten. Einen Anruf! Eine SMS! *Irgendwas! ... hundemüde* bin ich!

... und wenn jetzt mal ein bescheuertes Wortspiel passt, wie die Faust aufs Auge, dann ja wohl das: ***Hunde****müde!*

Ich sag dir, Kumpel: Wenn du dir jemals einen Köter anschaffen willst – oder was weiß ich: Wenn deine Eltern auf die niedliche Idee kommen, dir einen süßen, kleinen Hund unter den Weihnachtsbaum zu legen, dann achte drauf, dass es ***kein Rottweiler*** ist! Und *wenn* es einer ist, dann lass dir was einfallen! Fang an zu niesen! Sag deinen Eltern, dass du eine schwere Rottweiler-Allergie hast! Lass ihn umtauschen gegen einen Dackel! ... oder einen Hamster! ***Hamster*** sind gut!

Hamster stehen jedenfalls meines Wissens nicht breit und bullig in Türrahmen rum und hecheln einen hektisch an! Und überhaupt fangen sie dann auch nicht an rumzuknurren ...

… wie der Rottweiler, der gestern Nacht plötzlich aufgetaucht war. Im Türrahmen von Lenas Zimmer – breit, bullig, hektisch hechelnd und dann eben auch knurrend.

»Ach du Scheiße! Fritz!«, sagt Nadine dann auch echt sehr überrascht … unsicher … ängstlich irgendwie auch.

»Es ist *keine* Katze!«, sagt Justus.

»Es soll weggehen!«, sage ich.

»Spiel mit ihm!«, sagt Nadine.

»Ich will nicht!«, sage ich.

»Du **musst**!«, sagt Nadine und wirft gleichzeitig ein Knäuel abgezogenes Tesafilm zur Tür raus …

… worauf Fritz, der Rottweiler, plötzlich hochspringt und nach dem Knäuel schnappt. Mit der Reaktion eines Profi-Torwarts … mit dem Unterschied vielleicht, dass ein Profi-Torwart dann nicht anfängt, auf dem Ball herumzukauen. – Rottweiler Fritz kaute auf dem Tesafilm rum, spuckte ihn aus und stand dann wieder breit und bullig im Türrahmen … und fing wieder an rumzuknurren.

Ich begriff! Fritz spielte gern! *Torwart!* Das war sein Ding! Das machte ihn glücklich! Und von jetzt auf gleich *gefährlich traurig*, wenn das Spiel vorbei war.

Was ich nicht begriff, warum dieser wahnsinnige Köter überhaupt hier war. Alleine! … und wie man Fritz kraulen konnte, ohne dabei seine Hand zu verlieren, war mir auch ein echtes Rätsel.

... aber da hatte ich nun wirklich keine Zeit mehr, darüber vernünftig nachzudenken! Fritz wurde ungeduldig! Breit, bullig, knurrend und jetzt auch ordentlich sabbernd stand er da im Scheinwerferlicht meiner Taschenlampe. – Blind griff ich nach dem erstbesten Gegenstand auf der Kommode neben mir und schleuderte ihn in die linke obere Ecke vom Türrahmen. – Und tatsächlich: Aus dem Stand schoss Fritz hoch, schnappte danach, fiel auf die Grundlinie zurück und zerfetzte den Gegenstand ... *Ken!* Den Partner von Barbie!

»Jan, ich brauche ***Licht***!«, drängelte Nadine aus der Tiefe des Raums, aber da schaltete Justus schnell, fummelte seine *Lenser*-Taschenlampe aus der Hosentasche und leuchtete Nadines Ecke aus.

Fritz war fertig mit Ken! Und Ken war es auch! Zerkaut und kopflos lag er da. Vor Profi-Keeper Fritz, der wieder in Grundstellung gegangen war ... ungeduldig, sabbernd, knurrend und dann auch noch *bellend*. Einmal nur – kurz, tief, laut, fordernd!

Panisch schnappte ich einen weiteren Gegenstand von Lenas Kommode und hämmerte ihn diesmal ins rechte untere Eck. Fritz parierte ... und zerpflückte ihn! – Gegenstand für Gegenstand – Teddys, Schmuckkästchen, ein Lebkuchenherz mit Spruch drauf. – *Forever in* ... irgendwas. – Bis die Kommode leer geräumt war. Es wurde eng. Auch wenn mir das Lebkuchenherz ein wenig Zeit verschaffte, weil Fritz es als willkommenen Pausensnack dann auch verputzte ... samt Plastikhülle.

»Naaadi-hiiiiiin! Wie sieht's a-haaaus?!?«, drängelte ich in der Halbzeit.

»Zwei Lagen noch! Mach weiter!«, war die Antwort.

Fritz war fertig mit *Pausensnack* und stand wieder bereit. Sabbernd, knurrend, ... angespannt!

Und ich gab alles! – Filzstifte, Stempelkissen, Federmäppchen vom Schreibtisch. – Bücher, Hörspiele, Poesiealben aus dem Regal ...

... bis zum letzten Gegenstand: *Barbie!* Die Witwe von Ken! Und da überlegte ich kurz, ob ich ***das*** Lena auch noch antun konnte, und ...

... warf die Barbie in den Rachen des Rottweilers.

»Nadii-hiiiiiiiiiiiiiin! Bit-täääá!!!«

»Hab's gleich! Mach weiter!«

»Womit?!?«

Aber da kriegte ich natürlich keine Antwort drauf. – Und Barbie war am Ende! Ziemlich angefressen lag sie da neben ihrem kopflosen Partner. – und Fritz wartete ... *höchst* angespannt!

Ich musste improvisieren! *Schon wieder!* – Langsam ging ich in die Knie, löste die Schleife von meinem rechten Schuh und ging wieder in meine Ausgangsstellung zurück. Höchst konzentriert wie ein Profi-Kicker vorm Elfmeterschuss. Ich pustete noch mal sportlich durch. Dann – aus dem Stand – holte ich mit dem rechten Bein aus, ließ es granatenmäßig nach vorne schnellen und schleuderte so den Turnschuh von meinem Fuß herunter – direkt ins rechte obere Eck und …

»... TOOOR!!!«, triumphierte ich, als der Schuh in einer pfeilgraden Linie vorbei an Keeper Fritz in den Flur flog.

Reichlich verdutzt glotzte der Rottweiler mich mit schiefem Kopf an und rannte dann aber auch gleich blöde kläffend zum Flur raus, stürzte sich auf den Schuh, brachte ihn zurück und fing an, *extra*wild drauf rumzubeißen.

»Ready!«, rief Nadine, als sie mit dem letzten Streifen Tesafilm die Kopie im *Lena-Grusel-Stil* an die Wand gepappt hatte, während Justus das Original in seiner Zeichenmappe verstaute.

Keine Sekunde zu früh! – Noch war Fritz mit meinem Schuh beschäftigt. Wir sprangen über ihn raus auf den Flur, rasten die Treppe runter und waren draußen ... in deutlich weniger als 19,1 Sekunden!

... 10:18 Uhr!

... warum ruft der Spaten nicht an?! Das war abgemacht! Justus Bloch sollte mich anrufen! Sofort nachdem er das Bild zurückgelegt haben würde. In Daddy-Blochs Schublade. Das war ein ganz entscheidender Punkt unserer Mission! Es *war* die Mission!

18 Minuten drüber! Ich mache mir Sorgen. *Starke* Sorgen! – Was, wenn die Polizei ihn erwischt hat? Und ihn fragt, was er nachts um drei auf der Straße verloren hat? Der knickt doch sofort ein, der Bloch! Ich kenn den doch! – Und dann wird er auspacken! Die ganze Geschichte! Inklusive Einbruch bei den Sengers! Und dann sind wir dran! Nadine, meine Mutter, ich ***… alle***!

… 10:21 Uhr!

… ich bin sooo müde und kalt ist mir jetzt auch noch!

… und ich sag noch zu ihm: »Justus!«, sag ich, »ruf mich an! Sobald du's getan hast! **Bitte!**«

»Jo-jooo«, trällert er da aber nur doof, radelt los und verschwindet in der Dunkelheit. Dreizehnjährig. Nachts in einer Großstadt. *Ohne* Rücklicht!

»Ciao Hensen! Wir sehen uns!«, hat Nadine dann noch gesagt und fährt auch los.

»Tschüss Nadine! … **UND DANKE NOCH** … mal«, ruf ich ihr noch hinterher, aber da war sie schon weg.

Und dann stand ich da. – Allein! Nachts um drei! Dreizehnjährig! *Ohne* Schlüssel!

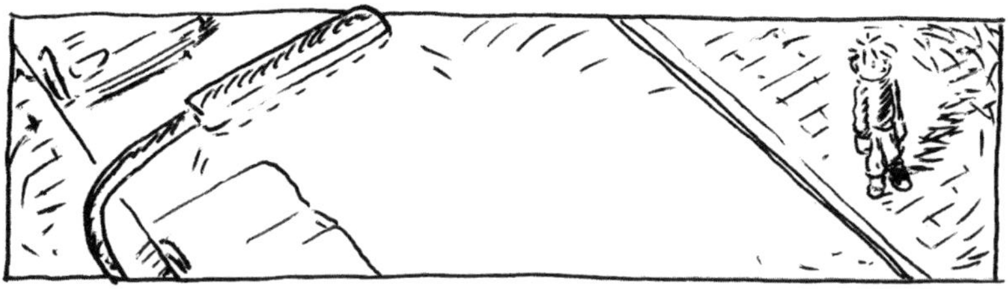

Leicht niedergeschlagen betrachtete ich die Socke von meinem rechten Fuß und dachte dann aber auch noch: ›Ach, was soll's. Es könnte schlimmer kommen …‹

… und dann fing es an zu regnen. Wie aus Eimern goss es! *Voll* niedergeschlagen hab ich mich dann auf den Heimweg gemacht.

Und weil das meinen Eltern doch schon *irgendwie* verdächtig vorgekommen wäre, wenn ich sie aus dem Bett klingle – mitten in der Nacht, klatschnass mit nur einem Schuh –, habe ich gewartet. *Stundenlang*. Im Hauseingang.

Und gegen Morgen habe ich meine letzten Cents aus der Hosentasche gekramt, beim Bäcker nebenan Brötchen gekauft und ***dann*** habe ich meine Eltern aus dem Bett geklingelt.

... also meinen *Vater. Der* hat mir aufgemacht. Und der guckte zwar etwas blöd aus der Nachtwäsche, als ich ihm erzählte, dass ich nicht mehr schlafen konnte und deshalb schon mal Brötchen geholt habe, aber dann ist er auch wieder zurück ins Schlafzimmer geschlur...

... 10:22 Uhr!

Endlich! Nachricht von Bloch! Per SMS! – *Mission erfüllt!*

... gute Nacht!

EINTRAG 19 – SONNTAG, 23:55 UHR

Plan B war **nicht** perfekt! Es gab da einen Schwachpunkt und ...

... ich bin müde! *Nuuur* müde!

Eintrag 20 – Montag, 12:00 Uhr

Protokollnachtrag zur Schulprojektwoche *Leben und leben in Hamburg*: Heute Morgen um 10:00 Uhr war die Ausstellungseröffnung und das Team gewann mit seiner aufwendigen PowerPoint-Präsentation ...

... ***null*** Aufmerksamkeit! – ***Null!*** – *Gelost* haben wir! ... *Geee-luuust* wie *ver-lo-ren*! ***Das*** haben wir! Aber voll! ... **Yes!**

Und bevor du, Freundchen, jetzt auf dumme Gedanken kommst: Es hatte ***NICHTS*** mit dem Protokoll zu tun. – ***Nothing! Niente!*** – Das war nämlich top!

Gewonnen hat ein Projekt mit dem Titel ***L.U.L.I.H.U.C.K.W.G.*** ... was ein Kürzel ist. Es steht für *Leben und leben in Hamburg und checken Komma was geht* – das hatten meine Kumpels* noch drangehängt, weil's irgendwie cooler klang. (**Ex?!?* ... drum kümmern!!!)

Der Witz ist ja, dass die wirklich eine Woche lang voll durchgechillt haben. Im Stadtpark. Mit ihrem bescheuerten Handy-Clip-Wettbewerb. Und dann wurde es ihnen doch wohl irgendwann langweilig und da kamen sie auf die Idee mit der Video-Installation. Sie haben die Clips zusammenkopiert und dann mit Beamern auf den Wänden in der Aula laufen lassen.

Da sah man dann junge Mütter, die lachend vorübergingen – alte Damen, die sich angeregt mit Sebastian unterhielten – alte Herren, die mit dem Spazierstock auf Cemals Handy losgingen – Kinder, Penner, Polizisten ... und das Ganze dann auch noch mit eingespielten Hip-Hop-Spaßeinlagen zwischendrin. – **Hammer!** Muss ich sagen! ... was allerdings echt nicht witzig war, dass sie *mich* für die Hip-Hop-Nummern voll missbraucht haben. Die 20,1 Sekunden mit mir drauf haben sie nämlich *rap*mäßig voll ausgeschlachtet ...

Wa-Wa-Wa – Wa-Wa-Wa – Was-soll-ich-damit?
La-La-La – La-La-La – La-Lass-den-Scheiß ...

... nicht witzig eigentlich!

Wie auch immer: Die ***P.P.P.*** – wie: ***PowerPups-Präsentation*** – war alles andere als perfekt!

... genauso wie *Plan B*! Richtig *unperfekt* war der! Weil es einen Schwachpunkt gab! ... aber das hab ich dir ja gestern Abend schon alles erzählt. In der Kurzversion! Für die Langversion hat's einfach nicht mehr gereicht. Da war ich einfach zu erschöpft von allem!

... die *Langversion* ist die, dass Nadine, Justus und ich gestern Nachmittag **noch mal** im Haus der Familie Senger waren. *Ohne* Fritz! Dafür aber mit Lena. Und Frau Senger. Und Herr Senger war auch da!

Und *der* hatte mich auch gestern Nachmittag angerufen! ***Polizeihauptkommissar*** Senger!

Da war ich – wie soll ich dir das sagen – doch schon *ein klein wenig* überrascht!

Vorbeikommen sollte ich. Punkt 16:00 Uhr! Eine *Einladung* sollte das sein, die aber ganz klar wie eine *Vorladung* klang.

Ich verabschiedete mich von meinem Vater, von meiner Mutter – ja, selbst meine Schwester habe ich noch ein letztes Mal herzlich gedrückt.

Punkt 16:00 Uhr traf ich wie befohlen bei den Sengers ein. Und was mich wenig überraschte, war, dass Nadine und der Bloch da auch grad um die Ecke kamen.

Wir sahen uns stumm an. Achselzuckend, nervös. – *Echt* nervös klingelten wir dann auch und da riss Herr Senger gleich drauf auch schon die Tür auf.

»Da seid ihr ja! Pünktlich! Sehr gut!«

›Pfff – *sehr gut*!‹, dachte ich nur. – Weil das kennt man ja auch alles aus dem Fernsehen. Erst loben die Cops einen und dann – zack – nehmen sie dich auseinander.

Herr Senger führte uns die 16 Stufen zu Lenas Zimmer hoch. – 16 Stufen bis zum Tatort.

Nadine, Justus und ich fanden das Zimmer vor, wie wir es gestern Nacht verlassen hatten. – Komplett verwüstet! – Und mittendrin hockte untröstlich das *arme Lenchen*. Zwischen zerpflückten Teddybären, zerrissenen Poesiealben, Opfer-Barbie, Opfer-Ken und ...

... einem durchgekauten rechten Schuh! ***Meinem!***

»Seht euch nur an, was er getan hat!«, flennte Lena untröstlich los, als sie zu uns hochsah. – Zu Nadine, zu Justus ... und zu *mir*!

Automatisch und extrem untröstlich schiebe ich meine Handgelenke zusammen. Für Herrn Polizeihauptkommissar Senger, der hinter mir im Türrahmen steht. Damit er nicht so viel Mühe hat, wenn er mir gleich die Handschellen anlegen muss. Auch das kenne ich aus den Fernsehkrimis ... da freuen sich die Polizisten immer wie blöde, wenn man ihnen bei der Verhaftung entgegenkommt.

Ich streckte also gerade meine zusammengeführten Hände Polizeihauptkommissar Senger komfortvoll entgegen, da ...

... taucht plötzlich Frau Senger wie aus dem Nichts auf und drückt mir einen blauen Müllsack in meine ausgestreckten Hände.

»Hallo Kinder!«, flötet sie vergnügt. »Lieb von euch, dass ihr gekommen seid! – *Echte Freunde* in der Not. *Hahaha.*«

Und da bin ich dann nicht der Einzige, dem die Kinnlade vor lauter Staunen nach unten klappt. – Nadine und Justus gucken genauso blöd.

»*FRITZ!* – Seht euch nur an, was er getan hat!«, flennt Lena da wieder bescheuert untröstlich los, mit Kens Kopf in den Fingern, und versenkt ihren eigenen zwischen den Knien.

»Jetzt reiß dich mal zusammen, Engelchen!«, befiehlt Polizeihauptkommissar Senger seiner Tochter liebevoll. »Es sind doch *nur* Gegenstände!«

Nadine, Justus und ich verstehen die Welt nicht mehr und glotzen entsprechend verpeilt Herrn Senger an und gleich drauf dann seine Frau.

»Jetzt reicht's aber, Ulrich!«, faltet *die* nämlich ihren Ulrich gleich drauf ordentlich zusammen. »Dein Köter hat Lenis Zimmer vollkommen verwüstet!«

Worauf unsere Köpfe wieder zu Herrn Senger rüberschwenken. – Wie Zuschauer in einem Tennismatch. – »Sag nicht immer *Köter* zu Fritz! Das mag ich nicht! – Außerdem wäre das nie passiert, wenn Fritz mit nach Travemünde gedurft hätte.«

Smash! Das saß!

»Ach, so ist das?! Jetzt bin ***ich*** an allem schuld!«, *returned* Frau Senger aber giftig. »Du weißt ganz genau, dass meine Schwester eine Hundeallergie hat.«

Worauf ich kurz denke, dass Frau Sengers Schwester da oben in Travemünde vielleicht aber auch einfach nur ziemlich clever ist, und da folgt auch schon prompt ein geschickter *Slice* von Herrn Senger: »Ach komm, Martina! Deine Schwester kann Fritz einfach nicht leiden, das ist alles!«

»Meine Schwester kann ***dich*** nicht leiden! ***Das*** ist alles!«

Spiel, Satz und Sieg: Martina Senger!

Herr Senger schweigt.

»Schön, dass ihr da seid, Kinder!«, flötet Frau Senger wieder zu uns rüber. Supervergnügt, als wäre nichts gewesen.

»Warum seid ihr überhaupt schon da?«, will die supertraurige Lena darauf wissen, als sie ihr total verheultes Gesicht aus der Versenkung hebt. »Ihr solltet erst heute Abend kommen!«

»Tja…« und »Öhmm …« und noch mal »Öhmm…«, antworten Nadine, Justus und ich ihr darauf, weil wir nicht den blassesten Schimmer haben, warum Herr Senger uns eigentlich hierher beordert hat. Zum *Verhaften* jedenfalls ganz klar nein! Die Sengers gaben ganz allein ihrem durchgeknallten Rottweiler die Schuld, nicht *uns*.

Noch nicht uns! Nach wie vor lag der klare Beweis unserer Tat direkt vor Lenas verrotzter Nase rum: mein rechter Schuh! Die glasklare Schwachstelle von Plan B.

Unauffällig stupste ich Nadine neben mir an und nickte ebenso unauffällig panisch wie nur irgend möglich in die Richtung der glasklaren Schwachstelle.

Nadine begriff.

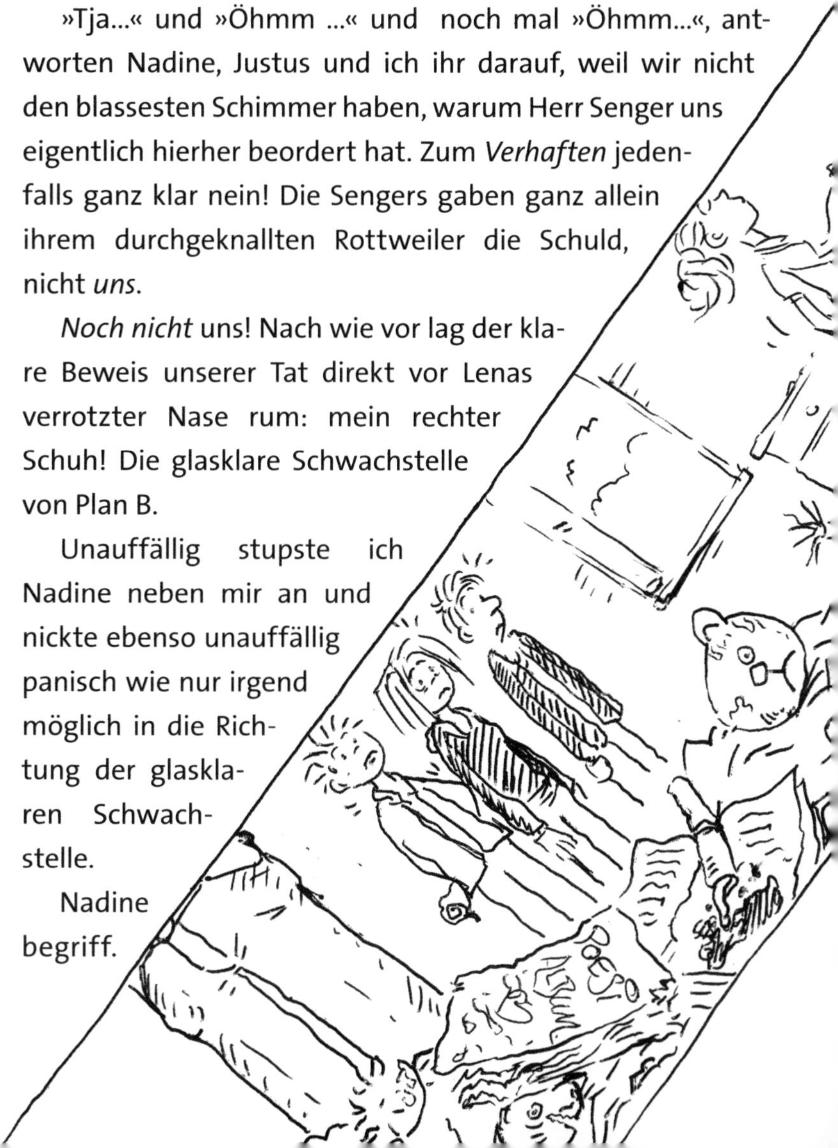

Und der Justus anscheinend auch. Weil beide glotzten nun auch so unauffällig panisch wie nur irgend möglich auf das mächtig fette Problem, das eindeutig direkt vor Lena Senger rumlag. – Mein Schuh!

»Ja aber – Ulrich!«, hörte ich dann Frau Senger sagen. »Hast du den Kindern denn nicht gesagt, warum sie herkommen sollten?«

Nein, hatte er ***nicht***, der feine Herr Polizeihauptkommissar. Vergessen hatte er es, der Hegel. Einfach verpeilt, uns mitzuteilen, dass wir früher kommen sollten, um Lena einfach nur zu überraschen. Um sie wegen des *tragischen Vorfalls* zu trösten. Das war Frau Sengers Idee gewesen, wie sie dann noch mal betonte. – *Echte Freunde in der Not, hahaha!*

Warum sie *mir* ausgerechnet gleich einen Müllsack in die Hand gedrückt hatte, kann ich jetzt nur raten. Könnte mit den ersten Eindrücken zu tun haben, die ich bei Frau Senger hinterlassen habe. Möglich, dass die mich einfach nicht ausstehen kann. *Könnte* sein, *muss* nicht!

Wie auch immer: Frau Senger strafte ihren verpeilten Ulrich dann noch mal ordentlich mit bösen Blicken und schlug dann ihren eigenen Müllsack auf. Und während ich noch verzweifelt damit beschäftigt war, die Öffnung von *meinem* Müllsack irgendwie aufzurubbeln, um den *Problem-Schuh* schnell und unauffällig einzusacken, wirbelte Frau Senger aber auch schon durch Lenas Zimmer und fing an, die vollgesabberten Fetzen in ihren Müllsack zu hauen. – Teddys, Bücher, den kopflosen Ken, die angefressene Barbie und dann …

… meinen Schuh! Einfach so! *Mega*-achtlos und *extrem* nichtsahnend haute Frau Senger *Beweisstück Nummer 1* voll in den Sack.

Verstohlen und wahnsinnig erleichtert guckte ich zu Nadine und Justus rüber, die ebenso erleichtert zurückguckten. – Die Schwachstelle von Plan B war gewesen. *Restmüll* quasi! Wenn du so willst: Allein dem Fritz wurde der komplette Haufen Scheiße in die *Schuhe* geschoben. Und das war schön!

Und wie auf ein Zeichen hörte man von draußen her ein ganz erbärmliches Jaulen.

So ganz nebenbei lehnte ich mich gegen das Fensterbrett und schielte durchs offene Fenster runter in den Garten.

Und da saß er! Fritz! Der weltbeste Torwart aller Zeiten! An der Kette! Angepflockt auf dem Rasen! Erbärmlich jaulend! – Ich sah zu ihm runter und Fritz dann zu mir hoch und …

… augenblicklich verstummte er. Er glotzte mich an und verdrehte dabei seinen Kopf. Was Fritz anscheinend immer tat, wenn er etwas nicht verstand!

Und dann rannte er los. Auf das Haus zu. Bestimmt drei Meter weit. So weit halt, wie die Kette kurz war. Wild und wütend kläffte er dabei das Fenster an. ... und den Jungen, der darin stand. *Mich!*

Und nach einem unschönen Stopp mittels angespannter Kette hörte er aber einfach auch nicht auf damit. Er kläffte und jaulte – wild, wütend, klagend, verständnislos und ...

... jetzt sag ich dir mal, Kumpel, was ich richtig gut finde! – Ich finde es *richtig* ***richtig*** gut, wie das mit der Evolution gelaufen ist. – Also ich meine, als irgendein Pantoffeltierchen vor ein paar Milliarden Jahren vor versammelter Pantoffeltier-Mannschaft verkündet hat: »Leute, mir ist langweilig! Ich geh jetzt an Land und entwickle mich weiter! Ich werde Mensch oder so was ... mal gucken! Wer Bock hat, kann mitkommen!« – Da hatten natürlich ganz klar einige von denen sehr großen Bock drauf, weil denen natürlich auch tierisch langweilig war. Und dann – ***zack*** – haben genau *die* sich ja auch ordentlich weiterentwickelt und können heute – mir nichts, dir nichts – die allergeilsten *Macs* erfinden, Atomkraftwerke bauen, Marsraketen zusammenbasteln ... oder problemlos bei McDonald's einen Extrabeutel Mayo ordern ... mittels *Sprache*!

Und *ganz genau* das ist der Punkt, den ich so *richtig richtig* gut finde. Weil die Pantoffeltierchen, die eben *keinen* Bock hatten, an Land zu schwimmen, sind dann irgendwie Qualle oder Pottwal oder so was geworden. ... oder eben *Rottweiler*! Der hat zwar irgendwie auch irgendwann gepeilt, dass er im Wasser nix verloren hat, und ist dann eben auch mal kurz an Land geschwommen, aber Fakt ist: *Sprechen* hat er nie gelernt!

Richtig richtig ... ***richtig*** gut finde ich das, Kumpel. – Der einzige Zeuge, der Nadine, Justus und ganz besonders mir gefährlich werden konnte, war ein sprachloser Rottweiler!

Echt erleichtert schnalzte ich zu Fritz runter. ... also in etwa so, wie du bei deinem Hamster schnalzt, der dich dann doof und niedlich durch die Gitterstäbe seines Käfigs anglotzt. ... vernünftige Buchstaben gibt es auch für dieses Geräusch nicht.

Ich schnalzte also hamstermäßig niedlich zu Fritz runter, worauf der nur noch wilder und wütender hochkläffte, was man dann aber nicht mehr ganz so doll hören konnte, weil ich das Fenster dann einfach zugemacht habe.

Die supi-supi-traurige Lena wurde aufs Bett gesetzt und Nadine, Justus und ich haben dann *alle drei* der Frau Senger geholfen, Lenas Zimmer wieder einigermaßen auf Vordermann zu bringen, und ich hab dann sogar freiwillig den Müll runtergebracht.

… und als ich danach pfeifend wieder rauf in Lenas Zimmer geschlendert bin, wäre ich am liebsten auch wieder pfeifend rausgeschlendert.

»Das Protokoll, Janny. Gib mir das doch bitte mal«, bat Lena mich dann nämlich.

Zusammen mit Justus und Nadine saß sie gut erholt und voll getröstet auf dem Bett und startete ihr Laptop.

Und da dachte ich im ersten Moment bescheuerterweise daran, dass sich das Laptop prima in dem gnadenlosen Elfmeterkrimi gemacht hätte. – *Null* Chance für Fritz, wenn ich das mit Extradrall durch den Türrahmen gezimmert hätte.

»Äh ... vergessen!«, lüge ich dann aber nur hemmungslos und dann war's das aber auch.

»Bullshit, Hensen!«, sagt die Müller da nämlich auf einmal.

»W...«, sage ich noch irgendwas.

Und sie dann aber klar: »Jetzt mal ganz ehrlich, Jan! Du hast es gar nicht geschrieben, oder?! Keine Ahnung, aber – ohne Notizen und so. Wie soll das geh...«

»Ich hab gelogen!«

Und da sagt dann erst mal keiner mehr was drauf.

»Supi-supi-doof, Janny! Aber ehrlich!«, schimpft Lena dann aber doch tüchtig los. **»Die ganze Arbeit, die wir in die *P.P.P.* gesteckt haben. Und du hast *nichts* notiert?! Ich bin ja *soooooooooooooo* enttäuscht von dir!«**

»Ich ... ich habe nicht *nichts* notiert!«, verteidige ich mich doof, aber wahrheitsgetreu.

»Na dann?!«, grinst Justus da. »Bis morgen früh hast du ja noch Zeit! Beweis uns mal, dass man sich auf dich verlassen kann! ***Hopp hopp, JANNY!***«

Worauf ich nur noch den Kopf verdrehen kann, sprachlos wie ein Rottweiler. – Bloch war wieder ganz der Alte. – So viel also zum Thema ***Freunde*** *in der Not ... ha, ha*!

Ganz logisch also, dass in mir wieder der alte, vertraute Wunsch hochkam, dem Bloch voll eine zu zimmern, aber da meckerte auch schon die Lena wieder supi-bitter-enttäuscht los: **»Ja! Genau! Geh los und schreibe das Protokoll! JETZT! Oder hast du ein Problem damit?!«**

»Äh ... nein, natürlich nicht. Ich krieg das hin!«, antworte ich ihr darauf, weil ich sie auch nicht noch bitterer enttäuschen will, als gut wäre.

»Na hoffentlich!«, sagt Lena da aber nur, kühl wie ein Gefrierschrank und spitz wie eine Giftspritze. – Wie ihre eigene Mutter, wenn die mit ihrem Ulrich schimpft.

Dann drückt sie mir noch den USB-Stick mit der aktuellsten *P.P.P.*-Datei in die Hand, die ich mit den Kommentar-Texten ergänzen soll.

Ohne irgendeine Ahnung, wie ich das hinkriegen soll bis zum nächsten Morgen – ohne brauchbare Notizen und so ganz ohne Rechner –, schlurfe ich damit stumm aus dem Zimmer.

Ich schloss die Tür hinter mir und dachte aber auch noch mal kurz darüber nach, dass Lena sich wenigstens hätte bedanken können, dass ich für sie den Müll runtergebracht habe.

Durch die Tür hörte ich Blochs gedämpftes Murmeln und ein *supi-doofes* Lachen von Lena drauf. – Wahrscheinlich wieder eins von seinen unlustigen Witzchen, über die kein Mensch lachen kann, außer er selbst … und Lena eben.

Dann schlurfte ich endgültig die fünf Meter über den Flur entlang, die 16 Treppenstufen runter und stand nach geschätzten 191 Sekunden draußen vor der Tür.

Vom Garten her hörte ich das Bellen und Jaulen eines Rottweilers. Und da hatte ich Mitleid. Weil ich fühlen konnte, was Sportsfreund Fritz fühlte.

So glücklich und verständnisvoll wie ein angepflockter Rottweiler schlurfte ich zu meinem Fahrrad. Ich fummelte den Schlüssel ins Schloss und …

… dann fummelte ich ihn *noch mal* in Schloss … und *noch mal* und *noch mal* und *noch mal*. Voller Mitleid mit Fritz und am allermeisten mit mir selbst, traf ich das Schloss nicht einmal mehr.

Bis mir der Fahrradschlüssel schließlich auch aus den Händen glitt.

Bewegungsfreudig wie der kopflose Ken glotzte ich ihn einfach nur noch an und dann …

... quatschte mich plötzlich jemand von der Seite an! – Nadine Müller!

»Weißt du was, Hensen?! Ich helf dir!«

Sprachlos glotze ich sie an und sehe ihr dabei zu, wie sie den Fahrradschlüssel aufhebt und mein Fahrrad aufschließt.

»Und jetzt fahren wir zu mir und machen die Präsentation fertig.«

»...?¿?«, sage ich wortgewandt wie ein Rottweiler.

»Ich hab da oben eh nix mehr verloren!«, sagt Nadine. »Bloch schleimt sich wieder wie bescheuert bei Lena ein. Gerade hat er noch nach dem Staubsauger gebettelt.«

Und dann schiebt sie total übertrieben ihre Nase in die Luft und äfft super den hochnäsigen Bloch nach: *»Ach* ***Lenilein****! Ich kann es einfach nicht zulassen, dass du die traurigen Überreste deiner hübschen Einrichtung selber wegsaugen musst. Da bin ich halt doch etwas anders als dieser* ***Hensen****!«*

Da gucke ich sie unfassbar fassungslos an, suche und finde dann aber meine ersten intelligenten Worte wieder und sage: »Dieses miese, linke, blöde, alte ...«

»... *Arsch*-Bloch!«, vervollständigt Nadine meinen Sprachschatz und grinst mich an ...

... und ich – total verdutzt erst – dann voll zurück.

Und dann sind wir zusammen losgeradelt. Zu den Müllers. Um die überflüssige Präsentation mit überflüssigen Kommentaren komplett zu machen. Textlich haben wir da aber noch ordentlich was rausgerissen. *Ohne* Protokoll. Stundenlang. Nadine und ich. – Mordsmäßig viel Arbeit war das. ... aber auch ***echt perfekt***!

... fertig!

Eintrag 21 – Dienstag, 11:05 Uhr

… also noch nicht *ganz* jetzt … also *fertig* eben. Eine Sache muss ich dir, mein Freund, unbedingt noch erzählen.

Weil gestern Abend war ja auch noch die Ausstellungseröffnung von meiner Mutter. Und die war auch perfekt! *Extrem* perfekt! Die Bude war gerammelt voll. Also das Museum jetzt. – Bürgermeister, lebende Künstler, untote Künstler, Kunstlehrerinnen und tausend andere Leute, die eben auch ein bisschen was für Kunst übrig haben. So wie der Herr Bankdirektor Bloch. Der war auch da!

… was ich dir deshalb so *ganz genau* erzählen kann, weil ich nämlich auch da war und neben ihm stand. Vor einem Original-Bild von Mamas perfekter Ausstellung – *Selbstbildnis mit Stütze von Tri-Tra-Trullala Friedrich*! – Original und hübsch eingerahmt.

»Unbezahlbar wertvoll, das Teil! – Nicht wahr, Herr Bloch?!«, frag ich ihn gut gelaunt.

»Grmpf!«, antwortet mir der feine Herr Bloch nicht *ganz* so gut gelaunt und geht dann auch ein paar Meter weiter.

... dass meine Mutter das Bild überhaupt noch spontan zwischen die anderen Selbstporträts nageln konnte, liegt daran, dass es wieder zu hundert Prozent dem Museum gehört. – Dank Herrn Bloch!

Der kam nämlich gestern Nachmittag persönlich bei uns zu Hause vorbeigedackelt. Mit Bild! – Ganz aufgelöst war der, als er das Original aus seiner Angeber-Mappe herausgefischt hat. Um meiner Mutter nämlich höchstpersönlich zu zeigen, dass es da *ein Problemchen* mit gäbe. Auf der Rückseite vom Original-200.000-Euro-Kunstwerk nämlich. – *Für Lena!* stand da nämlich. In dieser eckigen Krakelklaue.

Das *Problemchen* hatte Herr Bloch entdeckt, als er sich das Bild in seinem Hobbyraum irgendwann noch mal etwas genauer angeguckt hat. Und da brauchte der nun wirklich kein Profi für zu sein, um auf Anhieb zu peilen, wer's eckig draufgekrakelt hatte. – In ganz Hamburg und allen angrenzenden Bundesländern, Staaten und Sternensystemen gibt es original nur eine Person mit einer derart kranken Handschrift: seinen Sohn Justus. *Bloch junior!* ... der ganz sicher die allergeilste *Apple-Landschaft* hat, die man sich überhaupt vorstellen kann, aber für einen vernünftigen Radiergummi reicht's anscheinend selbst bei den Blochs nicht mehr. – So ein Penner!

Wobei ich zugeben muss, dass der Schwachkopf in einem Punkt doch voll den Durchblick hat. Bei Punkt *Daddy* nämlich. – *Harte Schale, weicher Kern* – weißt du noch? So hat der kleine *Blochi-Boy* mir seinen Daddy vor ein paar Tagen ja noch jammernd beschrieben. Und exakt genauso ist er auch, der feine Herr Bloch. – Nach außen hin hart wie Stahlbeton und innen drin weich wie ein Hundehaufen.

Und deswegen hat er meiner Mutter dann auch das *Problemchen* prompt gebeichtet. Also *fast* exakt so wie von seinem Sohnemann vorausgesagt, dass der so etwas tun würde, wenn es ein Problem mit dem Bild gäbe.

Nur dass der Herr Bloch sich den Anruf gespart hat und dann eben gleich höchstpersönlich mit dem *Problemchen* bei uns vorbeigedackelt kam. – Wobei ich dir echt nicht sagen kann, was der sich dabei gedacht hat. Vielleicht, dass meine Mutter einfach mal aufs Bild pustet und alles wird wieder gut? – Schwer zu sagen. Unklar!

Klarer Fakt ist: Meine höchstpersönliche Mutter ist vor dem Bloch voll ausgerastet.

Und dann – wie von *mir* einst exakt vorausberechnet – wollte sie auch gleich ihren Chef höchstpersönlich anrufen, um ihm *alles* zu beichten. Weil es ***jetzt reichte!*** und weil ***das Fass voll war!*** ... und Mutters Nase auch. – Die ganze Geschichte wollte sie ihrem Chef erzählen. Von der Lüge – über Blochs Erpressung – bis zu dem Kasperle-Selbstbildnis, das sie deswegen gemopst hatte. Im eigenen Museum. – ***Einfach alles*** wollte sie ihrem Chef erzählen. ***Reinen Tisch*** wollte sie machen! Knallhart! Egal mit welchen Folgen. – Also das mit *Rausschmiss – Putzjob bei KiK – nach 20 Jahren Gefängnis* ... und Kram.

Und da hatte der Herr Bloch sich wahrscheinlich auch schon mit einem Putzeimer bei *KiK* gesehen, weil der bekniete meine Mutter dann, dass sie ihren Chef *bittebittebitte* nicht anrufen soll. Und da legte meine verständnisvolle Mutter auch *sofort* den Hörer wieder zurück in die Gabel.

… also *nachdem* der Herr Bloch versprach, höchstpersönlich für den Schaden aufzukommen. Mit seinem *höchstpersönlichen* Geld. Für die Ausstellung! Für Mamas Museum! Und den Kasperle wollte er auch natürlich unbedingt zurückgeben. Mit einem *Extrabild* aus seinem persönlichen Hobby-Raum noch obendrauf! – Und dass er seinen Sohn für diese *große Dummheit* angemessen bestrafen werde, machte er dann auch noch mal ganz klar.

Keine Ahnung, was bei den Blochs *angemessen* bedeutet. Fakt ist, dass der Herr Bloch es ebenfalls für eine brauchbare Idee hielt, seinem Sohnemann die komplette *Apple-Landschaft* **für immer** wegzunehmen. … das hatte ich in die Runde geworfen!

… und was ich persönlich jetzt auch irgendwie echt witzig finde: Den *anonymen Sponsor* – der geheimnisvolle Typ mit den Spendierhosen – den hatte sich ja meine Mutter voll aus den Fingern gesogen. Und nun gab es ihn wirklich. – In Form des Herrn Bloch höchstpersönlich! Voll spendabel und voll superbescheiden anonym!

… echt fertig!

EINTRAG 22 – SAMSTAG, 14:01 UHR

... also *fast*! *Hier* jetzt! Und dann aber amtlich original *echt fertig* dann! Ehrlich!

Aber ***eine*** Sache noch ***muss*** ich dir unbedingt erzählen! – Ein paar Wochen später eben. *Jetzt* eben. Ging vorher nicht anders, weil ich's auch erst seit heute Morgen weiß. Aus der Zeitung nämlich. Aus der *Hamburger Morgenpost* also.

Da stand nämlich heute Morgen fett drin:

VOLL KRASS GEILE SENSATION AUS DEM MUSEUM

... also so *ungefähr* stand's drin. *Nicht* Wort für Wort, aber so ungefähr dann weiter: *Nach Ausstellungsende der supererfolgreichen Ausstellung ›Faces – Selbstbildnisse im Wandel ... von irgendwas‹ mussten die Museumsleute ja sämtliche Bilder wieder aus den Bilderrahmen fummeln. Dabei wurde voll sensationell was entdeckt. Auf der Rückseite einer Originalzeichnung von dem supi-weltberühmten Künstler Caspar-Dingsbums-Friedrich nämlich. Eine Widmung nämlich, die der Künstler vor mindestens 2000 Jahren höchstpersönlich draufgekritzelt hatte. –* ***Für Lena!*** *hatte er da rumgewidmet und gleich drauf aber auch wieder wegradiert. – Die Fachwelt ist total begeistert und auch ein bisschen durcheinander ...*

... weil was bis heute anscheinend niemand wusste: Das Kasperle hatte eine heimliche Geliebte. Namens Lena! ... so ein Schlingel!

Schon klar, Kumpel! Das war natürlich nicht der Male-Kasper, sondern meine Mutter, die versucht hat, Lena vollständig zu *erasen*. … wegzuradieren. Aber eben nur versucht. Die tiefen Krakel-Rillen sind geblieben. Irgendwas bleibt immer!

… außer ich! Ich muss jetzt gleich los. Zum *Gokartfahren*! Dazu haben mich meine Kumpels eingeladen. – *Kumpels!* Eindeutig ohne *Ex* davor! Und deshalb *Gokartfahren*, weil das nämlich der Preis war, den sie für den ersten Platz bei der Projektwoche abgesahnt hatten. Ganz erstaunlicherweise!

Da hatte die Schule sehr wahrscheinlich noch ein paar Euro mehr über als sonst und hatte beschlossen, dass das Gewinnerteam über ein komplettes Wochenende nach Lübeck fahren darf. Für lau! Mit Hotel, lecker Essen und einem spannenden Besuch im *Buddenbrookhaus*. Da hatte irgendein weltberühmter Autor wohl seine Kindheit verbracht, weswegen heute alle Bücherfans da auch gern hintigern, um zu gucken, wo dieser Heinz früher mit seinen Matchboxautos gespielt hat oder so was.

Was aber auch alles komplett egal ist, weil bis auf Hendrik Lehmann hatte da keiner meiner Kumpels sehr großen Bock drauf. Und da haben sie sich eben was anderes aussuchen dürfen, was in etwa genauso teuer ist. *Gokartfahren* nämlich! – Und dazu haben sie mich eben eingeladen, meine original Kumpels. Und weil ich wegen der unwitzigen Hip-Hop-Nummer echt noch was gut hatte bei ihnen, haben sie mir gesagt, dass ich sogar *doppelt so lang* fahren darf wie sie selbst.

Aber das wollte ich dann nicht. Lieber wollte ich noch jemanden mitbringen, der auch gern *Gokart* fährt.

Und deswegen, Kumpel, war's das jetzt auch endgültig hier. Ende Gelände! Schicht im Schacht! Echt fertig jetzt! Weil ich nämlich *jetzt* echt losmuss! Zum *Gokart-fahren.* Mit Gerrit, Sebastian, Cemal, Hendrik ... und Nadine!